THE QUEEN OF CRIME
繁體中文版
20 週年
紀念珍藏

密碼

著——阿嘉莎・克莉絲蒂

譯——冒國安

N Or M?

Agatha Christie®

策畫者的話

通俗是一種功力

吳念真（導演、作家）

通俗是一種功力。絕對自覺的通俗更是一種絕對的功力。

這樣的話從我這種俗氣的人的嘴巴說出來，大概很多人要笑破褲底了。不過，笑完之後請容我稍稍申訴。這申訴說得或許會比較長一點，以及，通俗一點。

小時候身材很爛，各種遊戲競爭完全任人宰割，唯一隱遁逃避的方法是躲起來看書或聽大人瞎掰。那年頭窮鄉僻壤的小孩能看的書不多，小學二年級時最喜歡的是超大本的《文壇》，老師借的。看著看著，某天老師發現我的造句竟出現：「捧著：朝陽捧著一臉笑顏為群山剪綵」這樣亂七八糟的文字，就拒絕再讓我看那些超齡的東西了。

老師的書不給看，我開始抓大人的書看。一種是厚得跟磚塊一樣的日文書，對我來說那完全是天書，但插圖好看，經常有限制級的素描。另一種書是比較薄的，通常藏得很嚴密，只是裡面有太多專有名詞、重複的單字和毫無限制的標點，比如「啊啊啊」、「……！！！」

老讓我百思不解。有一天，充滿求知欲地詢問大人竟然換來一巴掌後，那種閱讀的機會和樂趣也隨著消失了。

所幸這些閱讀的失落感，很快從大人的龍門陣中重新得到養分。講到這裡，我似乎先得跟一個村中長輩游條春先生致敬，並願他在天之靈安息。

我所成長的礦區，幾乎全是為著黃金而從四面八方擁至的冒險型人物，每人幾乎都有一段異於常人的傳奇故事。這些故事當事人說來未必精采，但一透過游條春先生的嘴巴重現，有時連當事人都聽得忘我，甚至涕泗縱橫，彷彿聽的是別人的故事。

條春伯沒當過日本兵，可是他可以綜合一堆台籍日本兵的遭遇，一如連續劇般從入伍、受訓、逃亡荒島，面對同鄉同袍的死亡，並取下他們的骨骸寄望帶回故鄉，乃至骨骸過多搞不清哪是誰的等等，讓聽的人完全隨他的敘述或悲或笑，彷彿跟他一起打了一場太平洋戰爭。此外他也可以把新聞事件說得讓一個三、四年級的小孩，到現在仍記得當時腦中被觸動的畫面。例如當年瑠公圳分屍案的凶手做案之後帶著小孩到安東街吃麵（這讓我一直以為台北的安東街是條專門賣麵的街道），還有甘迺迪總統被暗殺、賈桂琳抱住她先生、安全人員跳上飛快的車子保護賈桂琳……當然，這記憶全來自條春伯的嘴巴而不是報紙。我的記憶全是畫面，有畫面，是因為條春伯說得精采，說得有如親臨他至死都還搞不清地理位置的達拉斯命案現場。

於是這小孩長大後無條件地相信：通俗是一種功力，絕對自覺的通俗更是一種絕對的功力。透過那樣自覺的通俗傳播，即使連大字都不識一個的人，都能得到和高階閱讀者一樣的感動、快樂、共鳴，和所謂的知識、文化自然順暢的接軌。也許就是因為這些活生生的例子，俗氣的自己始終相信：講理念容易講故事難，講人人皆懂、皆能入迷的故事更難，而能隨時把這樣的故事講個不停的人，絕對值得立碑立傳。

條春伯嚴格地說是有自覺的轉述者，至於創作者，我的心目中有兩個。一個是日本導演山田洋次，一個是推理小說家阿嘉莎·克莉絲蒂。

山田洋次創造了寅次郎這個集合所有男人優點跟缺點的角色，在以《男人真命苦》為名的系列下，總共完成百部左右的電影。它們的敘述風格、開頭、結尾的方法不變，唯一改變的是故事，是時代，是遍歷日本小鄉小鎮的場景。數十年來，看《男人真命苦》幾已成為日本人每年的一種儀式，一如新春的神社參拜。

數十年前訪問過山田導演，他說，當他發現電影已然有它被期待的性格時，電影已經不是導演自己的。他說：當所有人都感動於美人魚的歌聲時，你願意為了讓她擁有跟你一樣的腳，而讓她失去人間少有的嗓音嗎？

人間少有的嗓音與動人的歌聲，都來自山田導演絕對自覺的通俗創造。

再如阿嘉莎·克莉絲蒂，如果我們光拿出她說過的故事和聽過她故事的人口數字，就足以嚇死你。五十多年的寫作生涯，她總共寫出六十六本長篇推理小說，外加一百多篇短篇小說和劇本。其中有二十六本推理小說被改編，拍了四十多部電影和電視劇集。作品被翻譯成一百零三種文字的版本，銷量超過二十億本。

夠了。你還想知道什麼？知道二十億本的意義是什麼嗎？二十億本的意義是全世界平均三個人就有一個人讀過她的書，聽過她說的故事。

說來巧合，她和山田洋次一樣，創造出個性鮮明的固定主角（當然，前前後後她弄出來好幾個），然後由他（或是她）帶引我們走進一個犯罪現場，追尋真正的罪犯。

故事就這樣？沒錯，應該說這是通常的架構。那你要我看什麼？不急，真的不急，克莉絲蒂會慢慢冒出一堆足夠讓你疑惑、驚嚇、意外，甚至滿足你的想像力、考驗你的耐心和智商的事件來。

推理小說不都是這樣嗎？你說得沒錯，大部分是這樣，不一樣的是……對了，她像條春伯，像山田洋次，她真會說，而且她用文字說。

文字的敘述可以讓全世界幾代的人「聽」得過癮、「聽」個不停，除了聖經，也許就是克莉絲蒂。她不是神，但她真的夠神。

數十年前，台灣剛剛出現她的推理系列中譯本，那時是我結婚前，常有同齡的文藝青年來我租住的地方借宿，瞄到我在看克莉絲蒂，表情詭異地說：「啊？你在看三毛促銷的這個喔？」

我只記得他抓了一本進廁所，清晨四點多，他敲開我的房門說：「幹，我實在很討厭那個白羅……再拿一本來看看，我跟你說真的，要不是你的書，我真的很想把那個矮儸壓到馬桶吃屎！」

我知道他毀了，愛吃又假客氣，撐著尊嚴騙自己。克莉絲蒂再度優雅地撕破一個高貴的知識份子的假面具，她的手法簡單，那手法叫通俗，絕對自覺的通俗，無與倫比、無法招架的功力。

昔日的文藝青年如今跟我一樣，已然老去，但不時還會看到他寫一些充滿理念和使命感極重的文章，在報紙和雜誌上出現。我知道他要說什麼，只是常常疑惑他想跟誰說；同樣，我記得他說過什麼，但轉眼間忘記他說了什麼。但請原諒我，幾十年前那個晚上，他在我家看完的那兩本克莉絲蒂的小說內容，我可還記得清清楚楚。

也許有一天再遇到他的時候，我會問他之後是否還看過克莉絲蒂其他的書，如果沒有，我會跟他說，想讀要趁早，因為你會老、會來不及。至於白羅那個矮儸，大概永遠不會消失。哦，對了，還有一個叫瑪波，你說不定會來不及認識……

歡快氣氛下的解謎樂

龍貓大王通信

一九八〇年代，美國電視觀眾最喜歡的作品類型之一，是看俊男美女在電視上「床頭吵床尾和」。一九八二年，浪漫推理劇《龍鳳妙探》（*Remington Steele*）大受歡迎，男主角皮爾斯・布洛斯南（Pierce Brendan Brosnan）高大帥氣，女主角史蒂芬妮・齊姆帕勒（Stephanie Zimbalist）嬌小可愛，他們之間不但有最萌身高差，還有最凶的吵架音量，你一嘴我一嘴地互嘴鬥臭，其實偷渡的是勢均力敵的甜蜜情意。一九八六年的《雙面嬌娃》（*Moonlighting*）吵得更凶，布魯斯・威利（Bruce Willis）與西碧兒・雪柏（Cybill Shepherd）這對歡喜冤家從鏡頭前吵到鏡頭外，但觀眾只認識鏡頭前流氓與淑女的美味關係，而這已經足夠讓布魯斯・威利的星運一飛沖天。

情侶神探的公式不只讓八〇年代的觀眾買單，其實早在二〇年代就被證明很有賣點。謀殺天后阿嘉莎・克莉絲蒂的經典中，恰巧就包括一對龍鳳妙探的系列作品，他們是克莉絲蒂創作的蛋頭神探與阿嬤神探之外的唯一一組情侶神探：湯米與陶品絲。

這對情侶在一九二二年出版的《隱身魔鬼》首度登場；一九二九年出版的短篇集《鴛鴦神探》裡已經結為夫妻；一九四一年的《密碼》裡勇破二戰諜網；一九六八年已步入老年的貝里福夫妻，繼續在《顫刺的預兆》裡偵查老人療養院的死亡祕辛；最終在一九七三年的《死亡暗道》裡，老先生、老太太已經決定退休，還買了一棟退休房……聽起來他們似乎沒有繼續關心凶手與謎案的必要了，對吧？怎麼可能，陶品絲搬進新家整理環境時，在前屋主留下的書中，竟然找到一段塵封已久的祕密訊息：「瑪麗喬丹並非自然死亡，凶手是我們其中的一個。」

有誰只是整理書櫃也會突然變身偵探？湯米與陶品絲就會，這多少能證明，克莉絲蒂在這對鴛鴦神探身上放進不少玩心。也許是她為湯米與陶品絲設計的浪漫關係，令克莉絲蒂為他們而寫的故事也格外輕巧俏皮。別誤會，湯米與陶品絲出場的處女秀《隱身魔鬼》有國際陰謀、有失竊的機密文件、有神祕又奸詐的犯罪首腦「布朗先生」（這下你就懂書名《隱身魔鬼》是在說誰了）。這看來是一部暗潮洶湧的諜報小說，而確實湯米與陶品絲也穩穩地踩中大部分的可怕陷阱，但克莉絲蒂將這對男女寫得實在太過可愛……你潛意識裡早就知道，他們絕對要邊吵架邊談情地（順便推理）百年好合，不會在這個險境裡就GG（完結）。

湯米與陶品絲的情誼首先是建立在「好哥兒們」的友情之上，從《隱身魔鬼》的開場就看得出來：

「湯米，你這個老東西！」

「陶品絲，老朋友！」

兩個年輕人熱情地相互問候……那兩個「老」字頗易讓人誤解，其實兩人年齡加起來絕不超過四十五歲。

二〇年代已經不是封建時代，但男女之間還是有別。而湯米與陶品絲之間的情誼，能夠打破這種隔閡，他們首先是鐵打的好友，彼此在軍醫院認識，因此他們之間有太多戰場回憶可以閒聊，也深知對方的個性與偏好，更重要的是，他們都是一窮二白。這對日後的鴛鴦神探久別重逢，既不談情也不破案，而是討論如何賺錢。克莉絲蒂可不會那麼輕易就灑糖，但從湯米與陶品絲彼此互補的性格設定，你很快就會了解這段友情遲早要昇華成戀情。

你可以懷疑，金庸筆下的郭靖、黃蓉這對射鵰俠侶設定，是不是抄襲自湯米與陶品絲。因為郭靖和湯米一樣，是個有點遲鈍的傻大個——湯米的傻可不是我說的，是克莉絲蒂這樣寫：「湯米不太聰明……但他的慧眼絕對能一眼看穿真偽。」不只如此，克莉絲蒂還形容他「有張（看得過去）的醜臉」。到底什麼樣的長相是「醜但看得過去」？克莉絲蒂只說這種長相是「很難歸類」，而且是「綜合紳士與運動員的臉孔」。這種先踹後捧的寫法我是不會買單的，湯米擺明就是個不會被稱為男神的樸拙男性。

而陶品絲與湯米完全相反，下面這段克莉絲蒂的形容，會不會讓你腦中浮現一個二〇年代的黃蓉模樣？

陶品絲稱不上漂亮，可是那張小臉蛋上有著精靈般的線條、堅毅的下巴，還有一雙隔得很開、從平直的黑眉毛下望去迷迷濛濛的灰色大眼，在在表現出個性和魅力……她的外表散發著一股敢作敢為、精明能幹的味道。

「精靈般」、「個性魅力」、「敢作敢為精明能幹」，這是一位充滿行動力又特立獨行的女性，剛好補足了湯米謹慎緩行的保守個性。當久違重逢的湯米與陶品絲一起討論該如何賺錢，他們在排除繼承遺產（沒有任何親戚有遺產）與為錢結婚（兩人的異性緣都少得可憐）兩個途徑後，決定還是親力親為白手起家。但是誰先提出一起合夥開公司的點子呢？當然是即知即行的陶品絲！他們決定開一家「青年冒險家企業」，名稱響噹噹，事實上，他們開的是《銀魂》裡的「萬事屋」生意：有錢，什麼活我們都幹。

這種歡快的氣氛，引領湯米與陶品絲穿梭一個又一個謎團，大到《密碼》裡追捕兩名納粹間諜，小到《顫刺的預兆》裡的養老院祕密。即便他們沒有在解謎，光是看湯米與陶品絲鬥嘴聊天就很有趣，而這是有別於白羅系列或瑪波小姐系列的獨特樂趣。

這種創作上的玩心有時不是那麼容易發現，例如在《鴛鴦神探》這本短篇小說集裡，每個小短篇不但都是貝里福夫妻的探險歷程，同時也是克莉絲蒂的諧仿之作——每一篇內容都隱射推理黃金年代的名作家或名角色。例如〈女士失蹤了〉致敬了福爾摩斯的〈法蘭西斯．卡法克小姐的失蹤〉（*The Disappearance of Lady Frances Carfax*）；〈霧中人〉則諧仿了史上最厲害的「神父偵探」布朗神父……克莉絲蒂甚至諧仿自己，在《鴛鴦神探》的最後一個故事〈代號十六的人〉裡，湯米自稱是「沒長鬍鬚但智力過人」的白羅！

湯米與陶品絲系列的五本小說，自《隱身魔鬼》到最後的《死亡暗道》，克莉絲蒂創作的時間橫跨五十年，我們可以看著貝里福夫妻逐漸變老。福爾摩斯也會老，白羅也會老到糊塗，但是湯米與陶品絲卻老得很愉快。他們始終愉快，不管是年輕或蒼老，這讓閱讀五本湯米與陶品絲系列的體驗，宛如身處春風之中一樣愉快，值得推薦給長期與雨劍風刀相伴的推理粉絲。

當然，除了湯米與陶品絲系列之外，克莉絲蒂還有不少經典：《一個都不留》自然不用多提；《無辜者的試煉》是我個人特別喜愛的一本小說，我在遠流的 App「謀殺天后密室」裡的「密室之聲」Podcast 第十六集裡，談過這本講述家庭內情勒暴力的小說；此外還有曾與白羅合作過的雷斯上校探案《褐衣男子》與《魂縈舊恨》，以及性格沒那麼出彩的穩重蘇格蘭警場刑事主任巴鬥，他的幾本小說包括《煙囪的祕密》、《七鐘面》、《殺人不難》與《本末倒置》也包含在內，特別值得一提的是，《本末倒置》是克莉絲蒂本人最喜歡的十部作品之一。而《謎樣的鬼豔先生》中的哈利．鬼豔，是唯一獲得克莉絲蒂獻詞的偵探。

獻詞

阿嘉莎・克莉絲蒂是世界讀者最眾，也最廣受喜愛的女作家。
身為克莉絲蒂的孫兒，我相信奶奶會非常樂見這次出版，
因為她極以自己作品中的趣味與娛樂為豪。
歡迎所有喜歡本系列的台灣新讀者參與這場饗宴！

——馬修・培察（Mathew Prichard）

／01

湯米．貝里福在門廳脫下外套，小心翼翼地掛到牆上，又把帽子掛到旁邊的釘子上。他舒展了一下雙臂，臉上露出一絲微笑，走進客廳。他的妻子正在那兒用卡其色毛線編織巴拉克拉盔帽。

這是一九四〇年的春天。

貝里福夫人飛快地瞥了他一眼，又氣咻咻地忙著織她的帽子，過了一兩分鐘才說：「晚報上有什麼消息嗎？」

湯米說：「閃電戰，好，好，好！法國的情況看起來很糟。」

陶品絲說：「真是一個令人沮喪的世界。」

過了一會兒，湯米說：「好了，你幹嘛不問我上哪兒去了呢？沒必要跟我兜圈子。」

「我知道，」陶品絲說，「看別人故意兜圈子是挺氣憤的。不過如果我真的問你，你也不會高興。無論怎麼說，用不著我問。看你的臉色我就知道怎麼回事。」

「我沒覺得我看起來像個受氣包。」

「不，親愛的，」陶品絲說，「你臉上那種彷彿釘上去的微笑，是我看過最讓人心碎的表情。」

湯米咧開嘴笑著說：「不會吧，真的那麼糟？」

「還更糟呢！好了！別想那些煩人的事了。沒什麼差事，對吧？」

「是沒有。他們什麼位子也不給我。陶品絲，我才四十六歲，卻被人家看成顫顫巍巍的老爺爺，真叫人無法忍受！陸軍、空軍、海軍、外交部都眾口一詞地說我太老了……也許以後用得著我。」

陶品絲說：「是啊，我也一樣。他們不要我這個年紀的人當護士。『用不著，謝謝你。』也沒有別的差事可做。他們寧願用那些黃毛丫頭也不用我。雖然我從一九一五到一九一八年在不同崗位上整整工作了三年，我在外科病房和手術室當過護士，在商行裡當過司機，後來還給一位將軍開過車。而那些丫頭連個傷兵也沒見過，連給繃帶消毒也沒做過。我還向他們一再保證，我做什麼都很出色，可是沒用。我反正是個可憐的、令人討厭的老太婆，幹嘛不待在家裡老老實實織毛衣，非要由著性子東奔西跑地找工作。」

湯米悶悶不樂地說：「這場戰爭真他媽的討厭。」

「打仗就夠倒楣了，」陶品絲說，「但不能參與其中，才是最悲哀的事。」

湯米安慰妻子，說：「不管怎麼說，黛博拉找到工作了。」

黛博拉的媽媽說：「是呀，她是不錯。我希望她把工作做好。不過，湯米，我還是覺得必須向黛博拉堅持我的立場。」

湯米笑了笑。

「她可不一定這樣想。」

陶品絲說：「女兒有時候也會讓你惱火，尤其當她們對你表現得那樣孝順時。」

湯米喃喃著說：「小德瑞克有時候也對我做出一副寬容的樣子，真讓你沒法忍受。他那雙眼睛彷彿在說：『哦，可憐的老爸。』」

「事實上，」陶品絲說，「我們這對兒女雖然非常可愛，有時候也挺讓人受不了。」提到這對孿生兒女德瑞克和黛博拉，她的眼裡充滿了柔情。

「我想，」湯米若有所思地說，「人們總是意識不到自己已經步入中年，過了做事的年齡。」

陶品絲不高興地哼了哼鼻子，搖了搖滿頭黑髮，任憑卡其色毛線球從膝蓋上面滾落下來。

「難道我們已經過了做事的年齡了嗎？是這樣嗎？還是別人習慣把我們說老？有時候我覺得自己再也派不上用場了。」

「很可能就是這樣。」

「也許。但不管怎麼說，我們曾經覺得自己很了不起。現在我開始覺得以前什麼也沒發生過。發生過嗎？湯米。你是不是有一次被德國間諜打破腦袋，還被他們劫持？我們是不是有一次跟蹤一個危險的罪犯，最後把他捕獲？你和我是不是救過一個女孩，找到非常重要的祕密文件，受到國家的表彰和感謝？我們，你和我！但我們現在只是被人看扁、沒人稀罕的貝里福先生和貝里福夫人。」

「別說了，親愛的。說這些也沒有用。」

「反正，」陶品絲說，眨著眼睛沒讓眼淚流下。「我對我們的卡特先生完全失望。」

「他給我們寫過一封非常感人的信。」

「他什麼忙也沒幫……甚至連希望也不給我們。」

「他現在也不掌權了。和我們一樣。他已經很老了，住在蘇格蘭，沒事就釣魚。」

陶品絲沉思著說：「或許他們會讓我們在情報部門幫點忙。」

「也許我們幫不了了，」湯米說，「我們現在不像從前那麼機靈了。」

「我可不這麼想，」陶品絲說，「一般人總是這樣想。但就像你說的那樣，碰到關鍵時刻……」她嘆了一口氣，接著又說：「我希望我們能找到一件工作。成天胡思亂想，真是煩透了。」

她的目光落在那個年輕小夥子的照片上。他穿著空軍制服，咧開嘴笑著，那笑容和湯米一模一樣。

湯米說：「男人就更糟了。女人還能織織毛衣，或是到福利社幫人家包包東西。」

陶品絲說：「我二十年後再去包也不遲。我還沒老到那個程度呢。只是我現在剛好不上不下的，真麻煩。」

前門的門鈴響了。陶品絲站起來。這棟房子沒有什麼服務人員。

她打開門，看見一個寬肩圓腰的男人站在門前的踏墊上。他留著漂亮的大鬍子，臉色紅潤，面帶喜色。

「您是貝里福夫人嗎？」

「是的。」

「我是格蘭特。伊森普登勳爵的朋友。他要我來探望你和你的丈夫。」

「哦，太好了！快請進。」

她把他領進客廳。

「這是我的丈夫，嗯，這是格蘭特上尉……」

「格蘭特先生。」

「哦，格蘭特先生是卡特先生……不，是伊森普登勳爵的朋友。」

「卡特先生」是他們的老朋友在情報部當頭頭時的化名，他們叫順口了，總忘了他那顯赫的封號。

三個人興致勃勃地談了一會兒。格蘭特很隨和，是個很迷人的男士。

過了一會兒，陶品絲走了出去，幾分鐘後又回到客廳，手裡拿著雪利酒和幾個杯子。

他們沉默了一會兒，格蘭特先生對湯米說：「我聽說你在找工作，貝里福。」

湯米眼裡閃爍著急切的光芒。

「是的，我是在找工作。你是不是……」

格蘭特笑著搖了搖頭。

「哦，不是你想的那樣。不是。恐怕那些工作得留給年輕人，或者給那些已經從事好幾年的人。我能給你介紹的只能是些枯燥無味的差事。辦公室的工作。整理文件，把文件分門別類，用紅帶子捆起來。只是這種事。」

湯米的臉沉了下來。

「哦，我明白了！」

格蘭特不無鼓勵地說：「總比沒事幹強吧。不管怎麼說，你哪天到我辦公室來一趟。軍需部二十二號辦公室。我們可以安排一些事情。」

電話鈴響了，陶品絲拿起話筒。

「喂。是的……什麼？」電話那邊傳來一個激動的聲音。陶品絲的臉色大變。「什麼時候？哦，我的天……當然，我馬上過去……」

她放下話筒，對湯米說：「是莫琳。」

「我猜就是她。我從這兒就聽得出她的聲音。」

陶品絲上氣不接下氣地解釋說：「非常抱歉，格蘭特先生。我得馬上到我朋友那兒一趟。她摔了一跤，扭了腳踝。家裡只有她的小女兒。我得馬上去幫她處理一下，找個人照顧她。請原諒。」

「當然，貝里福夫人。我非常理解。」

陶品絲朝他笑了笑，拿起一直放在沙發上的上衣，套在身上急匆匆地走了，前面傳來砰的關門聲。

湯米又給他的客人倒了一杯雪利酒。

「不用急著走。」他說。

「謝謝，」格蘭特接過酒杯，默默地品嘗著。過了一會兒說道：「從某種意義上講，你妻子被人叫走是件好事。我們可以節省時間。」

湯米凝視著他。

「我不明白。」

格蘭特不慌不忙地說：「聽我說，貝里福，你要是早一點到部裡找我，我是有辦法給你安排一份工作。」

湯米那張生著雀斑的臉漸漸露出喜色。他說：「你的意思是……」

格蘭特點了點頭。

「伊森普登推薦了你，」他說，「他對我們說，你正是適合的人選。」

湯米長長地舒了一口氣。

「說吧。」他說。

「當然是一件要絕對保密的事。」

湯米點了點頭。

「連你的妻子也不能知道。你明白嗎？」

「當然明白……如果你這樣要求的話。不過以前我們一直搭檔工作。」

「是的，我知道。可是這回動爵建議的只有你。」

「我明白了。好吧。」

「表面上你找到一件辦公室的工作——就像我剛才說的那樣——在我們這個部門的蘇格蘭分部。那地方是個禁區，你的妻子不能與你同行。實際上，你是到另外一個完全不同的地方。」

湯米等待著。

格蘭特說：「你從報紙上看過『第五縱隊』嗎？我想，你至少知道……這個組織字面上的含義。」

湯米喃喃著說：「內奸。」

「正是。貝里福，這場戰爭爆發的時候，人們都抱著樂觀的態度。當然了，我不是指那些知道內情的人。我們一直就知道我們面臨著什麼……敵人的精銳部隊、空軍的優勢、拚死獲勝的決心、協調完整的作戰機制、周密的部署。我指的是絕大多數人，我們那些善良、糊塗、信奉民主、以君子之心度小人之腹的同胞們。他們以為德國人很快就會崩潰，以為他們的武器都是破銅爛鐵，他們的士兵都餓著肚子，一走就要倒在地上。這都是一些異想天開的想法。

「可是戰爭並不像大家所想的那樣。它一開始就很糟，現在更糟。我們的士兵沒有什麼不好，不管是在軍艦裡、飛機上或防空洞裡的戰士都優秀精良。但我們缺乏準備，部署也很不得當……也許是我們的素質有問題。我們的人不想打仗，也沒有認真考慮過這件事，更談不上做什麼準備。

「不過最糟糕的時候已經過去了，我們糾正了以往的錯誤，慢慢地選擇合適的人去做合適的工作。我們開始按照正確的辦法去打這場戰爭。我們能贏，這點毫無疑問。但是必須一開始就打好。失敗的危險不是來自外部，不是來自德國人的炸彈，也不是因為中立國家被敵人占領，他們便可以從更有利的地勢襲擊我們。危險來自內部，來自我們城牆內的特洛伊木馬。如果你願意，就叫它第五縱隊。他們就在這兒，在我們內部。這些男男女女有的位高權重，有的只是普通百姓，但他們都相信納粹那一套，妄圖用納粹嚴格的信條取代我們悠閒散漫的民主自由制度。」

格蘭特俯身向前，用他悅耳的聲音繼續從容地說：「可是我們不知道他們是誰……」

湯米說：「但是必定……」

格蘭特有點不耐煩地說：「那些小嘍囉我們可以一網打盡，這很容易。重要的是別人。我們知道有幾個傢伙。海軍部至少有兩個高層人物。其中一個一定是G將軍的班底。空軍裡還有三個或者更多，情報部門至少有兩個，他們有管道得知內閣的機密。我們知道這些，因為根據目前的情況分析，必定有敵人打入了我們內部。洩密事件，而且是從高層把情報洩漏給敵人，使我們意識到了這一點。」

湯米和藹可親的臉上露出幾分茫然，他無可奈何地說：「可是，我對你能有什麼用呢？我一點都不了解這些人。」

格蘭特點了點頭。

「是啊，你不知道他們，他們也不知道你呀！」

他停了一下又接著說：「那些人，那些隱藏在上層的人，大都知道我們這些搞地下工作的人，他們不可能不搜集這方面的情報。我實在想不出一個更好的辦法，便去找伊森普登。他現在已經退出核心了。即使生病了，腦子還是很清楚。他想起了你。你離開情報部門已經二十多年了。你的名字早已從那兒消失，你的面孔也沒人認識。你怎麼想？願不願意接下這個任務？」

湯米喜不自禁，笑得連嘴都合不攏。

「願不願意接下？你當然知道我求之不得。儘管我現在還不知道該從何下手。現在我只是一個『業餘愛好者』。」

「親愛的貝里福，我們需要的正是『業餘愛好者』。『專業』在這裡是障礙重重。你將接替我們一位最優秀的偵探。」

湯米臉上露出疑問的神色。格蘭特點了點頭。

「是的。上星期二他死在聖布里奇醫院，被一輛大卡車撞倒的……只活了幾個小時。車禍……其實根本不是什麼車禍，而是陰謀。」

湯米慢慢地說：「我明白了。」

格蘭特平靜地說：「所以我們有理由相信，法考爾了解到了一些重要情況……他終於掌握了某些線索；他這場絕非偶然的死亡告訴了我們這一點。」

湯米好像有話要問。

格蘭特繼續說：「遺憾的是，他到底發現了什麼情況，我們一無所知。法考爾追蹤了一條又一條的線索，但是收穫不大。」格蘭特停了一下，繼續說：「法考爾一直昏迷不醒，直到臨死前才清醒了幾分鐘。他想說什麼，但只說出這樣幾個字：N或M，頌舒西。」

「那，」湯米說，「等於什麼都沒說。」

格蘭特臉上露出一絲微笑。

「多少說明了一點問題。你知道，我們以前就聽說過『N或M』這個代號。它代表兩個最重要也最受信任的德國間諜。我們以前截獲過他們在其他國家的活動資料，對他們略有所知。他們的使命就是在外國組織第五縱隊，並且充當該國和德國的聯絡橋梁。我們知道，N

是個男人，M是個女人。這兩個人是希特勒非常信任的間諜。戰爭剛開始，我們破譯過這樣的一個密碼：『建議N或M到英格蘭，委以全權……』」

「我明白了。法考爾……」

「據我分析，法考爾一定發現了某個人的線索。遺憾的是，我們不知道是哪一個。頌舒西聽起來不知所云。不過法考爾的法語一向不好，口音很重。他身上帶著一張到利漢普敦的回程車票。這個細節充分說明了一點問題：利漢普敦是南部海岸一座新興的旅遊城市，那兒有許多私人開設的小旅館。其中有一家叫聖守喜……」

湯米說：「頌舒西……聖守喜……我明白了。」

格蘭特說：「是嗎？」

「你的打算是，」湯米說，「讓我去那兒……搜索？」

「正是。」

湯米臉上又綻出微笑。

「任務不太明確，對吧？」他說，「我甚至連要找什麼也不知道。」

「我也不知道，全靠你自己了。」

湯米嘆了一口氣，活動了一下肩膀。

「我可以試試看。不過我不是那種腦子特別靈光的人。」

「你過去不是成績非常好嗎？我聽說過了。」

「哦，那全靠運氣。」湯米連忙說。

「是呀，運氣正是我們需要的。」

湯米想了一會兒，說：「關於聖守喜那個地方……」

格蘭特聳了聳肩膀。

「也許只是白忙一場，我也不知道。法考爾臨死前也許喃喃唸的是：『舒西妹妹給戰士縫衣服。』這只是我們的猜測。」

「利漢普敦呢？」

「和其他地方沒什麼區別。什麼樣的人都有。老太太，老上校，無可懷疑的老處女，可疑的顧客，還有一兩個外國人。一團大雜燴。」

「N或M就隱藏在他們當中？」

「很難說。也許是和N或M接頭的人，也許是N或M本人。那是一個不起眼的地方，海濱度假勝地的一家普通小旅館。」

「你連我要找的是個男人還是女人也不知道？」

格蘭特搖了搖頭。

湯米說：「好吧，我試試看。」

「祝你好運，貝里福。現在關於細節部分……」

§

半個小時之後，陶品絲闖了進來。她氣喘吁吁，心裡充滿了焦急和好奇。湯米獨自一人坐在一張扶手椅裡，臉上露出一種不無疑惑的表情。

「怎麼樣？」陶品絲意味深長地說。

「哦，」湯米用一種模稜兩可的口氣說，「我找到一件工作。」

「什麼工作？」

湯米做了一個鬼臉。

「到蘇格蘭一個偏遠地區做行政事務。當然也是祕密工作。只是聽起來並不刺激。」

「我們兩個一起去，還是只有你自己？」

「恐怕只有我自己。」

「真該死！我們的卡特先生怎麼這麼不夠朋友？」

「我想也許因為這是個男女有別的工作，而且挺勞心勞力。」

「是發密碼還是破譯密碼？是不是黛博拉那種工作？你可要當心點，湯米，這種差事簡直能把你弄成神經病。半夜三更不睡覺，整晚走來走去，嘴裡不住地背著九七八三四五二八六，或者什麼玩意兒。最後精神崩潰，住進療養院。」

「我不會的。」

陶品絲悶悶不樂地說：「這只是遲早的事。我能不能不參加你的工作，只是以妻子的身分陪你去？料理你的生活，工作一天之後能讓你吃口熱飯，在壁爐前幫你擺雙拖鞋。」

湯米看起來十分不安。

「真抱歉，老婆。非常抱歉，我也不想離開你……」

「但是你覺得你應該去。」陶品絲喃喃道，言語之中不無留戀。

「不管怎麼說，」湯米有氣無力地說，「你可以在家織毛線。」

「織毛線？」陶品絲說，「織毛線！」

她拿起正在織的那頂巴拉克拉盔帽扔到地上。

「我討厭這種卡其色的毛線，」陶品絲說，「還有海軍藍、空軍藍。我想要織大紅色的東西！」

「火藥味十足，」湯米說，「簡直要來一場閃電戰。」

他心裡非常難受。不過陶品絲是個律己甚嚴的人，她很快就面對現實，鼓勵湯米接受這件工作並且說，自己並不十分在意。她還補充說，她已經打聽到急救中心需要一個擦地板的人，也許這工作很適合自己。

三天後，湯米離開家到蘇格蘭東北部港市阿伯丁。陶品絲到車站為他送行。她的一雙眼睛亮晶晶的，含著淚水。她眨了幾下，沒讓淚水掉下來，努力裝出一副快樂的樣子。

火車開了，湯米看著妻子漸漸遠去、孤零零、瘦巘巘的身影，覺得喉嚨陣陣發緊。雖然是為了贏得這場戰爭，他還是覺得自己背棄了陶品絲。

他振作起精神。命令就是命令。

到達蘇格蘭之後，他又坐上火車，第二天就來到曼徹斯特。第三天火車把他送到利漢普敦。他先在一家大飯店住下，然後去那些私人開的小旅館看房間，打聽看看長住有沒有什麼優惠條件。

聖守喜是一棟紫紅色的維多利亞式別墅，坐落在一座小山的山坡上，從樓上的窗戶望過去，美麗的大海盡收眼底。門廳裡散發著一股淡淡的塵土味和煮飯的味道，但是和湯米看過的那幾家小旅館相比，聖守喜環境好得多。他在辦公室裡見到了老闆娘佩倫娜太太。那房間不大，也談不上整潔，一張大桌子上面鋪著幾張報紙。

佩倫娜太太也挺邋遢。她人已中年，微施脂粉，滿頭黑色的鬈髮亂糟糟的，一笑便露出一嘴潔白的牙齒。

湯米喃喃提到他一位年長的堂姐梅多斯小姐。兩年前，她曾在聖守喜住過。佩倫娜太太還清楚地記得梅多斯小姐……一位很可愛的老太太，也許並不是真的很老，很活潑，極富幽默感。

湯米小心翼翼地表示同意。他知道，確實有一位梅多斯小姐，情報部門告訴過他這些細節。

可愛的梅多斯小姐現在怎麼樣啊？

湯米不無悲傷地表示說，梅多斯小姐已經去世。佩倫娜太太十分同情地咂了咂嘴，又恰如其分地驚叫了一番，臉上現出哀傷的表情。

不一會兒，她便滔滔不絕地介紹起她的旅館。她說，有個房間很適合梅多斯先生住，從那裡看得見大海美麗的景色。她覺得梅多斯先生離開倫敦來這兒度假，真是明智之舉。她知道，現在的局勢讓人高興不起來，特別是經歷了這場流行性感冒之後……

佩倫娜太太邊說邊領他上樓看房間。她還提到每週的住宿費。湯米露出一副大失所望的樣子。佩倫娜太太解釋說，物價飛漲；湯米說，他現在收入不多，還得交稅，諸如此類。

佩倫娜太太嘆了一口氣，說：「這場可怕的戰爭……」

湯米表示同意，還說，照他看來，應該把希特勒這個傢伙絞死。瘋子，這傢伙真是一個瘋子！

佩倫娜同意他的觀點，接著又說，政府配給的食物太少，屠夫們也很難弄到肉，而雜碎更是經常不見。巧婦難為無米之炊，她這個旅館老闆實在難當。不過考慮到梅多斯先生是梅多斯小姐的親戚，她可以少收半個基尼。

湯米離開聖守喜的時候，表示回去會再考慮一下這件事。佩倫娜太太一直把他送到大門，越發口若懸河起來，那股活潑勁讓湯米大吃一驚。他不得不承認，她雖然有點邋遢，但人挺漂亮的。他在心裡想，她是哪國人呢？一定不是道道地地的英國人。她的名字是西班牙或葡萄牙人的名字，但那也許是她丈夫的國籍，而不是她的。她說不定是愛爾蘭人，雖然沒有愛爾蘭人的口音。不過她精力旺盛，充滿活力，倒很像愛爾蘭婦女。

最後他們商定，梅多斯先生第二天就搬過來。

湯米說好六點來，佩倫娜太太準時到樓下門廳裡接他。她吩咐一位看起來傻乎乎的女僕把他的行李送到臥室。女僕瞪大一雙眼睛看著湯米，嘴巴也張得老大。佩倫娜太太領著湯米到一個她稱之為休息室的房間。

「我總是介紹客人們相互認識，」佩倫娜太太說。她滿臉堆笑，望著休息室那五個目光充滿疑惑的人。「這是我們新來的客人梅多斯先生。這位是奧羅克太太。」

一位像小山般強壯的女人朝他笑了笑。她一雙眼睛晶亮如珠，嘴唇上還有兩撇唇髭。

「這位是布萊奇利少校。」

少校上下打量了湯米一眼，朝他僵硬地點了一下頭。

「馮戴尼先生。」

一位金髮碧眼的年輕人站起來鞠了一躬。

「明頓小姐。」

一位戴著許多珠子、正在織著卡其色毛線的老婦人朝湯米傻笑著。

「還有班金索夫人。」

那人也在專心織毛線。她黑髮蓬亂的腦袋從織了一半的巴拉克拉盔帽上慢慢抬了起來。

湯米屏住呼吸，整個屋子天旋地轉。

班金索——陶品絲！

簡直令人難以置信！陶品絲正坐在聖守喜的休息室裡平心靜氣地織毛線！

她的目光和他相觸。那是種禮貌、漠然的陌生人目光。

他由衷讚嘆。

陶品絲！

／02

湯米不知道自己是怎樣熬過那個晚上。他一直不敢把目光落到班金索夫人的身上。吃晚飯的時候，聖守喜的另外三位常客也露面了。那是一對中年夫婦，凱利先生和凱利太太，一位年輕的母親史派特太太。她是帶著小女兒從倫敦來的，顯然早已厭倦了利漢普敦的生活。她緊挨湯米坐著，不時用醋栗子似的眼睛瞥他一眼。她呼吸有點困難，好像患了腺性增殖體腫脹症。她問道：「你是不是認為現在真的平安無事了？大家都回來了，不是嗎？」

湯米還沒來得及回答這個天真的問題，坐在那邊那個戴了一串珠子的婦人插嘴說：「依我看，絕對不能拿孩子冒險，我是指你那個可愛的小貝蒂。你會後悔不及的。你知道希特勒已經放話說，很快就要用閃電戰襲擊英國。而且，我相信這回一定是更先進的某種毒氣。」

布萊奇利少校很生氣地插嘴道：「什麼毒氣！純粹胡說八道。這些傢伙不會浪費時間製造毒氣。重型炸彈和燃燒彈就足夠了。他們在西班牙就是這麼幹的。」

飯桌周圍的人都興致高昂地爭論起來。陶品絲尖細而愚蠢的聲音響了起來。

「我的兒子道格拉斯說……」

道格拉斯，真是的！湯米心裡想，倒真想知道他幹嘛叫道格拉斯。

吃過晚飯……就幾道虛而不實且淡而無味的菜色之後，大夥兒又回到休息室。女人們繼續織毛線。湯米硬著頭皮聽布萊奇利少校講他在西北前線的戰績。

那個金髮碧眼、皮膚白皙的小夥子走了出去，在門口很有禮貌地朝大夥兒點了點頭。

布萊奇利少校停下正在講的故事，用手肘捅了捅湯米的肋骨。

「剛才出去的那個傢伙是個難民。戰爭爆發前一個月才從德國逃來的。」

「他是德國人？」

「是的。但可不是猶太人。他的父親因為批評納粹惹了麻煩。兩個哥哥被送進集中營，只有他及時逃了出來。」

這時，湯米換成被凱利先生纏上了。他沒完沒了地講述他的身體狀況，說得其詳其切，一直要到上床時間，湯米才得以脫身。

第二天早晨，湯米早早地起床，到屋前散步。他一直走到防波堤，再沿著供人們散步的海濱走回。這時，他看見一個熟悉的身影正從對面走來。他舉了一下帽子。

「早安，」他高興地說，「呃，班金索夫人，對吧？」

周圍沒有人。陶品絲回答道：「李文史東博士問候你。」

「你怎麼跑到這兒來了，陶品絲？」湯米喃喃著說，「真是神奇……神奇！」

「沒什麼好神奇的。不過是動了動腦子罷了。」

「我想，是動了你的腦子，對吧？」

「沒錯。你和你那位趾高氣揚的格蘭特先生……我希望這可以給他一個教訓。」

「一定會的。」湯米說，「快告訴我，陶品絲，你是怎麼來這兒的？我簡直好奇死了。」

「很簡單。格蘭特一提到我們的卡特先生，我就知道怎麼回事了。我知道，他絕對不會讓你做什麼無聊的行政工作。而他當時的那副樣子告訴我，他們沒打算讓我參加，於是我想出一個高招。我去拿雪利酒，趁機溜到布朗先生那兒給莫琳打了電話，告訴她過一會兒給我來個電話和說些什麼。她把這個角色扮演得很好。扯開嗓門大聲說話，滿屋子都聽得見。我也開始表演我的拿手好戲，故意做出一副驚慌的神色，急急忙忙去看我那位沮喪的朋友。我砰地一聲關上前門，造成一種已經離開的假象，然後悄悄溜進臥室，輕輕推開與客廳相連的那扇門……而這扇門正好被衣櫃擋著。」

「我們說的話你都聽到了？」

「每一句話。」陶品絲驕傲地說。

湯米責備道：「你居然不露聲色。」

「當然不能露。我要給你們一個教訓，你和你那位格蘭特先生。」

「他可不是我的格蘭特先生。不過我得說，你的確給了他一個教訓。」

「卡特先生不該這樣對待我，」陶品絲說，「我覺得，我們那個時候的情報部可不是這個樣子。」

湯米嚴肅地說：「現在既然我們又回來工作，它就會保留過去的光榮傳統。你怎麼取了班金索這名字？」

「有何不可？」

「聽起來怪得很。」

「怎麼講，陶品絲？」

「這是我想到的第一個名字。叫這個名字，對於我的內衣方便點。」

「B呀，你這傻瓜！我們的姓……貝里福和班金索都是以B開頭。我的連身緊身衣上面不是都繡著簡寫嗎？派翠西・班金索、璞丹絲・貝里福（兩者的姓名縮寫都是PB，因此萬無一失）。你又怎麼叫作梅多斯？這個名字聽起來也挺蠢的。」

「首先，」湯米說，「我的褲子上沒有繡大寫的B。再者，這名字也不是我自己取的。上級讓我叫這個名字。梅多斯先生是一位紳士，過去的歷史清白高尚。關於他的經歷，我已經背得爛熟。」

「很好，」陶品絲說，「那麼你是單身或已婚？」

「我是個鰥夫，」湯米一本正經地說，「我的妻子十年前死在新加坡。」

「為什麼在新加坡？」

「反正我們都得死在什麼地方，死在新加坡有什麼不好？」
「哦，沒有什麼不好。也許那真是一個命歸黃泉的好地方。我嘛，是個寡婦。」
「那你的丈夫死在哪兒？」
「這很重要嗎？也許死在某座私人療養院。我想他很可能死於肝硬化。」
「我明白了。一個令人難過的話題。你的兒子道格拉斯呢？」
「道格拉斯在海軍。」
「昨天晚上我就聽你說過了。」
「我還有兩個兒子。雷蒙在空軍。寶貝小兒子西禮在地方自衛隊。」
「假如有好事之徒想調查你這三位班金索兄弟檔呢？」
「他們不姓班金索。班金索是我的第二任丈夫。第一任丈夫是希爾。電話號碼簿上至少有三頁都是姓希爾的人，你從何查起呢？」
湯米嘆了一口氣。
「你又犯老毛病了，陶品絲。什麼事情都要做過頭。兩個丈夫，三個兒子，這也太多了吧。你一定會在某些細節上弄得自相矛盾。」
「不，不會的。我這幾個兒子一定會派上用場。記住，我可不是受人之託來完成任務，我是自由工作者為的是自己高興。我也一定要好好玩一場。」
「也許吧。」湯米說。他又悶悶不樂地補充道：「如果你問我，我會說，恐怕這一切只會是鬧劇一場。」

「你怎麼這樣說？」

「你比我早到聖守喜。你能誠實的告訴我，昨天晚上那幾個人，你覺得有誰像是危險的敵方間諜？」

陶品絲若有所思地說：「是有點不可思議。不過那位小夥子很可疑。」

「你是說卡爾．馮戴尼？難民都經過警察局的嚴格審查，不是嗎？」

「當然。可是總有人蒙混過關。你應該知道，他是一個很有吸引力的小夥子。」

「你是說，女孩子們會向他透露什麼？什麼樣的女孩呢？這兒可沒有將軍的千金，也沒有海軍上將的閨女。也許他只能和運輸勤務部的哪位指揮官一塊兒出去走走？」

「別開玩笑了，湯米。我們應該認認真真地談談這件事情。」

「我是很認真啊，只是覺得我們在做一件徒勞無益的事。」

陶品絲板著面孔說：「現在說這話還為時太早。這種事不可能一目了然嘛。佩倫娜太太呢？」

「是的，」湯米若有所思地說，「我承認，這位佩倫娜太太……需要好好了解。」

陶品絲用一種公事公辦的口氣說：「我們呢？我的意思是，我們要怎樣合作？」

湯米想了想說：「不能常讓別人看見我們在一起。」

「是的。如果讓人看出我們認識彼此就糟了。關鍵的問題是，應該採取什麼態度？我想……是的，我想，追求是最好的掩藏。」

「追求？」

「正是。我追求你。你要盡可能逃避我，但是你深具騎士風度，總是難以脫身。我有過兩個丈夫，現在正在找第三個。你就扮演那個被追求的老鰥夫。我不時把你堵在什麼地方，比如咖啡館，或者你正在海濱散步的時候。別人看見一定都掩嘴竊笑，覺得滑稽透了。」

「聽起來行得通。」湯米表示同意。

陶品絲說：「自古以來，男人被追求就會惹出一大堆笑話，所以我們會處於有利的地位。我們在一起的時候，如果被人看見，他們頂多會竊笑說：『瞧，可憐的老梅多斯。』」

湯米突然抓住她的手臂。

「瞧，」他說，「你往前面看。」

一個年輕小夥子正站在一棟房子的牆角和一個女孩說話。他們都全神貫注，只顧著交談。

陶品絲輕聲說：「是卡爾．馮戴尼。那女孩是誰？」

「不管是誰，總之長得很漂亮。」

陶品絲點了點頭。她直直盯著那女孩黝黑的面龐和套衫下面美麗的曲線。她正非常激動地說著什麼，卡爾．馮戴尼則認真地聽著。

陶品絲喃喃說：「我想我們該分手了。」

「好。」湯米表示同意。

他回轉身，向相反的方向走去。

走到海濱人行道盡頭時，碰到布萊奇利少校。少校滿腹狐疑地看了他一眼說：「早安。」

「早安。」

「看起來你和我一樣，是個喜歡早起的人。」

湯米說：「這是在亞洲養成的習慣。當然，那是好多年前的事了。不過，我現在仍喜歡早起。」

「非常對，」布萊奇利少校表示贊同。「現在的年輕人真讓人噁心。十點才起床洗熱水澡，懶洋洋地下來吃早飯。難怪德國人要和我們打仗呢！沒有活力，文文弱弱的，軍隊也很不像樣。只會溺愛，現在他們就是這樣。夜裡睡覺還要塞個熱水瓶。呸！真讓人噁心！」

湯米不無悲哀地搖了搖頭，布萊奇利少校覺得受到鼓勵，越發滔滔不絕。

「紀律，這正是我們所需要的。就是紀律。沒有紀律怎麼能打贏這場戰爭？你知道嗎，先生，別人對我說，有的傢伙居然穿著寬鬆的長褲參加閱兵式。這個樣子還能指望他們打贏？寬鬆的長褲！我的天！」

梅多斯先生大著膽子發表意見，說現在和他們那個時候真有天壤之別。

「全是民主制度作怪，」布萊奇利少校憤憤不平地說，「什麼事都有可能做過了頭。依我看，民主就被他們玩過頭了。軍官和一般百姓一起在餐廳吃飯。呸！其實百姓們並不喜歡這樣，梅多斯。部隊知道，部隊一向知道這一點。」

「當然，」梅多斯先生說，「雖然我對軍隊的事不大清楚……」

少校打斷他的話，朝周圍瞥了一眼。

「參加過一次大戰嗎？」

「參加過。」

「我想也是。一看就知道你受過訓練。瞧這肩膀。你在哪個團？」

「第五團。」湯米想起梅多斯在部隊的經歷。

「啊，是在希臘中北部的薩洛尼卡。」

「是的。」

「我在梅斯波特。」

布萊奇利少校陷入往事的回憶中。湯米很有禮貌地聽著。最後，布萊奇利少校憤怒地說：「現在他們還會再用我們嗎？不！不會！我們太老了。去他媽的太老了。我才夠格教教那些毛頭小夥子怎麼戰爭呢！」

「譬如不該碰的不要去碰？」湯米微笑著說。

「啊？什麼？」

布萊奇利少校顯然不是一個有幽默感的人。他用疑惑的眼光看了湯米一眼。湯米連忙改變話題。

「你了解那位……班金索夫人嗎？我記得她就叫這個名字。」

「對，沒錯。她叫班金索。長得還不錯，只是牙齒長了點，又太愛說話。人不錯，就是有點蠢。不，我不認識她。她是兩天前才來聖守喜的。」他又問：「你打聽她幹什麼？」

湯米解釋說：「我剛才碰到她了。我很納悶她是不是也都起這麼早？」

「不知道。女人一般不喜歡早餐前出來散步……謝謝上帝。」他又添了一句。

「阿們，」湯米說，接著又說：「我不太懂得如何在吃早飯前禮貌地和人談話。但願我沒有冒犯她。我只是想做完我的運動。」

布萊奇利少校立刻大表同情。

「我完全同意你的意見，梅多斯，完全同意。女人在哪兒都好，就是別早飯前出來溜達。」他咯咯地笑了幾聲，又說：「當心點，老傢伙，她可是個寡婦。」

「是嗎？」

少校樂呵呵地捅了捅他的肋骨。

「我們都知道寡婦是什麼德性。她已經埋了兩個丈夫。你要是問我，我猜她現在正在尋找第三個呢。要提高警覺，睜大眼睛，梅多斯。這是我的忠告。」

布萊奇利少校精神來了，走到馬路盡頭之後，回轉身邁著輕捷的腳步，回聖守喜吃早飯。這同時，陶品絲一直在那兩個談話的年輕人近旁走來走去。她聽見那個女孩說：「你必須當心點，卡爾。一旦有人懷疑……」

下面的話陶品絲沒聽見。那是種提示嗎？當然，這話可以有許多不同的解釋。陶品絲又悄悄地向那兩個人走去。又有幾個字向她飄了過來。

「討厭的英國人，自以為是……」

班金索的眉毛抖動了一下。卡爾．馮戴尼是從納粹的迫害之下逃到英國的難民。英國為他提供了庇護之所，他是不是既不智也不該同意這樣的批評？

陶品絲又一次回轉身，走了過來。不過這次沒等她走到那棟房子跟前，兩個年輕人就急急忙忙分手了。女孩穿過馬路，離開濤聲陣陣的大海，卡爾．馮戴尼向陶品絲這邊走過來。如果陶品絲沒有猶豫一下、停下腳步，或許卡爾．馮戴尼壓根兒就不會認出她來。現在他連忙站好，鞠了一躬。

陶品絲支支吾吾地說：「早安，馮戴尼先生，天氣真好呀！」

「啊，是的，天氣是不錯。」

陶品絲繼續說：「景色真迷人呀！早飯前我並不常出來散步。但今天早晨是個例外。我昨天夜裡沒有睡好。我發現，換新地方總是睡不好覺，得過幾天才能習慣。」

「哦，是的，的確如此。」

「而這麼走了走，果真讓我食欲大振。」

「你現在要回聖守喜嗎？如果可以，我陪你走一段路好嗎？」

他神情嚴肅地走在她旁邊。

陶品絲說：「你出來散步，也是為了讓胃口開一點嗎？」

他一本正經地搖了搖頭。

「哦，不。我已經吃過早飯了，正要去上班。」

「上班？」

「我是研究化學的。」

哦，你是做這一行的，陶品絲心裡想著，偷偷瞥了他一眼。

卡爾．馮戴尼用僵硬的聲音繼續說：「我是為了躲避納粹的迫害才逃到這個國家。沒有錢，也沒朋友。現在只能做點力所能及的工作。」

他直直盯著前面。陶品絲感覺到，他心裡一定有一股感情的洪流在奔湧。

她喃喃著說：「哦，我明白。非常令人欽佩。」

卡爾．馮戴尼說：「我的兩個哥哥被關進集中營。父親死在另外一座集中營。母親因為悲傷和恐懼也過世了。」

陶品絲心想，他說這些話的時候好像背書一樣。

她又偷偷瞥了他一眼。他仍然目視前方，臉上沒有任何表情。

他們默默地走了一會兒。有兩個男人從他們身邊走過，其中一個飛快地瞥了卡爾一眼。

她聽見他對他的同伴說：「我敢打賭，那個傢伙是德國人。」

陶品絲看見卡爾．馮戴尼臉脹得通紅。

他無法控制自己，壓抑已久的感情突然爆發出來，他結結巴巴地說：「你聽見了嗎，你聽見了嗎？他們就是這樣說我……我……」

「親愛的孩子，」陶品絲突然又恢復成原先的自我。她的聲音清晰，有條有理。「別傻了。世界上沒有十全十美的事。」

他轉過頭望著她。

「你的意思是……」

「你是難民，有時就得忍氣吞聲。你活了下來，這是最重要的事。你活著，而且自由。至於別的……你應該了解，那是無法避免的。兩國正在打仗，而你是德國人。」她臉上突然露出一絲微笑。「你不能指望一個陌生的路人分出誰是好德國人、誰是壞德國人……原諒我魯莽地這麼說。」

他仍凝望著她，一雙藍眼睛非常清澈，而且因為壓抑著心中的感情，目光更加犀利。過了一會兒，他的嘴角突然露出微笑，說：「說起北美印第安人的時候，人們總是說，一個好印第安人就是一個死印第安人。」他笑了起來。「為了當個好德國人，我必須按時上班。好了，再見。」

他又規規矩矩地鞠了一躬。陶品絲望著他的背影，心裡想：班金索夫人，你又犯了一個錯誤，以後要加倍小心才是。現在，到聖守喜吃早飯吧。

聖守喜前廳的門敞開著。佩倫娜太太正和什麼人大聲說話。

「你去告訴他，我怎麼看這些人造奶油，我是怎麼說來著？到奎勒那兒買火腿。上次那兒的火腿便宜兩便士。還有白菜，也要當心點……」

看見陶品絲，她連忙停下話頭。

「啊，早安，班金索夫人。看來你是那種早起的鳥。你還沒吃早飯吧？已經在餐廳擺好了。」她指了指正和她說話的那個女孩說：「那是我的女兒希拉。你還沒見過她呢。她一直住在外面，直到昨天晚上才回來。」

陶品絲饒有興趣地看著佩倫娜那張生動漂亮的臉。這張臉不再充滿令人讚嘆的活力，而是表現出一種厭倦和憤怒。

「我的女兒希拉，希拉·佩倫娜。」

陶品絲寒暄了幾句，走進餐廳。有三個人正在吃早飯：史派特太太和她的小女兒，還有大塊頭的奧羅克太太。陶品絲向她們道早安。奧羅克太太樂呵呵地說：「你早！」完全淹沒了史派特太太有氣無力的招呼。

那位老婦人興味十足地盯著陶品絲。

「早飯前出去走走可以開開胃口。」

史派特太太對她的小女兒說：「好好吃麵包，喝牛奶，寶貝。」邊說邊把一勺牛奶送到貝蒂·史派特小姐嘴邊。

小傢伙使勁扭著脖子，避開小勺，一雙圓圓的大眼睛直直望著陶品絲。

她用一根沾著牛奶的手指指著陶品絲，臉上露出天真的微笑，咿咿呀呀地說：「嘎，嘎……比克。」

「她喜歡你，」史派特太太笑著對陶品絲說，好像這是一種恩賜。「有時候她見了生人會害羞。」

「比克，」貝蒂．史派特說，「啊……呀……袋子。」她大聲嚷嚷。

「她這是什麼意思？」奧羅克太太興致勃勃地問。

「她還說不清楚什麼話，」史派特太太說，「你知道，她才兩歲。說的話全是瞎嚷嚷。不過，她會說『媽媽』。是不是，寶貝？」

貝蒂若有所思地望著她的母親，斬釘截鐵地說：「卡戈勒，比克。」

「這是他們自己的語言，可愛的小天使，」奧羅克太太滔滔不絕地說，「貝蒂，寶貝，現在說『媽媽』。」

貝蒂皺著眉頭看看奧羅克太太，大聲說：「納澤……」

「瞧瞧，不想露本事的時候就這樣！真是個可愛的小東西。」

奧羅克太太站起來，朝貝蒂惡狠狠地瞪了一眼，搖搖擺擺地走出餐廳。

「嘎，嘎，嘎。」貝蒂一邊用勺子敲打桌子，一邊高興地大叫。

陶品絲一雙眼睛亮光閃閃，問道：「她說的『納澤』是什麼意思？」

史派特太太臉紅了一下，說：「貝蒂不喜歡什麼人或什麼東西時就這樣說。」

「我想也是。」陶品絲說。

兩個女人都笑了起來。

「不管怎麼說，」史派特太太說，「奧羅克太太是一番好意。她只是看起來讓人害怕。聲音那麼粗，還有鬍子，以及其他等等的。」

貝蒂腦袋向一邊偏著，朝陶品絲嗚嗚哇哇地叫著。

「她喜歡你呢，班金索夫人。」史派特太太說。

陶品絲隱隱約約覺得那句話裡有一絲嫉妒，連忙說：「孩子們都喜歡新面孔，不是嗎？」她故作輕鬆地說。

門開了，布萊奇利少校和湯米走了進來。陶品絲一下子活躍起來。

「啊，梅多斯先生，」她大聲說，「你瞧，我贏了，我先到達了。不過，我還給你留了一點早餐呢。」

她打了個手勢讓他坐到自己身邊。

湯米結結巴巴地說：「唔……哦……好吧，謝謝。」然後坐到桌子那頭。

貝蒂．史派特叫了聲「普趣」，嘴角的牛奶噴到布萊奇利少校身上。布萊奇利少校露出一副尷尬又高興的神色。

「這個嗶嗶波波的小淘氣今天早上怎麼樣啊？」他傻呵呵地問，「嗶波鬼！」

他舉起一張報紙逗貝蒂。

貝蒂快樂地叫了起來。

憂慮從陶品絲的心底升起。她想：「一定是搞錯了。這裡不可能發生什麼異乎尋常的事。絕對不可能！」

要說服自己說，聖守喜真是第五縱隊的總部基地，那還真得具備《愛麗絲夢遊仙境》中那位白后的秀逗腦袋呢！

／03

搭了涼棚的露台上，明頓小姐正在織毛線。

明頓小姐瘦骨嶙峋，脖子上面青筋突現。她穿一件淡藍色罩衫，戴一串珠子串成的項鍊，粗花呢裙後面軟軟地凹了進去。她活潑的和班金索夫人打了招呼。

「早安，班金索夫人。希望你睡了個好覺。」

班金索夫人說，換了睡覺的地方，頭一兩個晚上總是會認床。明頓小姐說，這不是很巧嗎？她自己也一樣。

班金索夫人說：「真是太巧了。哦，這針腳太漂亮了。」

明頓小姐高興得滿臉通紅，連忙打開正織的毛衣。是的，的確與眾不同，但是又非常簡單。如果班金索夫人喜歡，她可以教她。一點兒也不難。哦，明頓小姐真是太好了，不過班金索夫人很笨，不善於織毛衣，也就是說，織不了什麼花樣。她只能織巴拉克拉盔帽之類的東西。即使如此，她也懷疑自己織錯了。看起來不大對勁，不是嗎？

明頓小姐非常內行地看了看那團卡其色毛線，指出織錯的地方。陶品絲十分感謝，忙把織錯的帽子遞過去。明頓小姐一派友善和大度。哦，這一點都不麻煩。她已經織了好多年毛衣了。

「在這場討厭的戰爭開打之前，我這玩意兒摸也沒摸過，」陶品絲坦率地說，「可是現在窮極無聊，總得幹點什麼。」

「是呀！你還有個兒子在海軍？我好像昨天晚上聽你說過。」

「是的，大兒子。他呀，真是個好兒子……當然，我知道，當媽的不該這樣誇自己的孩子。我還有個兒子在空軍。最小的西禮現在在法國。」

「啊，天哪，天哪！你一定操心個沒完。」

陶品絲心裡想：「啊，德瑞克，親愛的德瑞克……時局如此混亂，我表面上像個傻瓜似的說東道西，但語氣中流露的卻是我真實的感情……」

她一本正經地說：「我們必須勇敢面對，不是嗎？真盼望戰爭趕快結束。那天我聽一位高層人士說，德國人連兩個月也支撐不下去了。」

明頓小姐使勁點了點頭，脖子上那串珠子嘩啦嘩啦直響。

「是的，的確。我聽說……」她很神祕地把聲音放低。「希特勒得病了……要命的病。到八月他就會瘋掉了。」

陶品絲馬上回答道：「什麼閃電戰，那是德國人最後的一招了。物資短缺是德國現在最嚴重的問題。工廠裡的工人非常不滿。他們很快就會垮台。」

「什麼？什麼？」

凱利先生和凱利太太也來到露台。凱利先生焦躁不安地問道。他在一張椅子上坐下，妻子連忙在他膝蓋上面蓋了一條毯子。他又急不可耐地問：「你們在說什麼？」

「我們在說，」明頓小姐說，「等到秋天戰爭就能結束。」

「胡扯，」凱利先生說，「這場戰爭至少要打六年。」

「哦，凱利先生，」陶品絲表示抗議，「你不是真的這樣想吧？」

凱利先生滿腹狐疑地朝四周看了看。

「奇怪，」他喃喃著說，「是不是有一陣風？也許我坐到那個角落裡會更好一點。」

凱利先生的「搬遷工作」開始了。他的妻子……一個滿臉焦急的女人，手忙腳亂地一會兒鋪墊子，一會兒蓋毯子，嘴裡不停地問：「怎麼樣，艾雷德，你覺得好一點了嗎？是不是應該戴上太陽眼鏡？今天早晨的陽光太刺眼。」她叨叨唸著，好像人生的目的就是伺候她丈夫。

凱利先生生氣地說：「不用，不用。別這麼大驚小怪，伊麗莎白。你把我的圍巾拿來了嗎？不，不，是那條絲圍巾。啊，算了，沒關係。這條大概也行……這一次。我不想讓喉嚨太熱，羊毛圍巾……這種陽光……好吧，你最好還是去把那條取來吧。」他又把注意力集中到一般人都感興趣的話題上。「是的，」他說，「依我看，得六年。」

他興致勃勃地聽兩個女人齊聲抗議。

「你們這些可愛的女人只是一廂情願地異想天開。我了解德國人，可以說了解得非常透徹。退休前因為工作的緣故，我固定要出入於德國。柏林，漢堡，慕尼黑，我都瞭如指掌。我敢向你們保證，德國人能堅持好一陣子，特別是背後還有俄國……」

凱利先生洋洋得意地說下去，抑揚頓挫，慷慨激昂，直到妻子拿來絲圍巾給他圍到脖子上，才停了下來。

史派特太太抱著貝蒂走了出來。她把她放在地上，又扔給她一個缺了一隻耳朵的小狗和一件玩具娃娃穿的毛外套。

「給你，貝蒂，」她說，「你先給邦佐穿好出去散步的衣服，媽媽收拾一下再走。」

凱利先生還在那兒嘮叨些讓人乏味的統計數字。只有貝蒂快樂的說笑聲不時打斷他的長篇獨白……小傢伙正用她自己的語言和她的小狗邦佐對話。「查口，查口，叭，貝。」後來一隻小鳥落到她身邊，她伸出可愛的小手去抓，咯咯咯笑著。小鳥飛走了，貝蒂朝四周張望著，用清晰的聲音說「小鳥」，然後十分滿意地點了點頭。

「這孩子開始用一種最好的辦法學說話了。」明頓小姐說，「說『塔，塔』，貝蒂。『塔，塔』。」

貝蒂冷冷地看了她一眼，說：「格拉克！」

然後她硬把邦佐一條腿塞進羊毛外套，蹣跚著走到一張椅子跟前，拿起椅墊，把邦佐藏到後邊，一邊咯咯地笑著，一邊吃力地說：「藏起來！包，哦，藏起來！」

明頓小姐十分驕傲地解釋說：「她喜歡玩捉迷藏，總把東西藏起來。」

接著她故意裝出一副驚奇的樣子，喊了起來。

「邦佐哪兒去了？邦佐哪兒去了？邦佐能到哪兒去呢？」

小貝蒂蹲在地上，樂得要命。

凱利先生正在講德國人研究替代基本材料的方法，發現人們的注意力早已被分散，便抬起頭，不高興地咳嗽了幾聲。

史派特太太戴著帽子走了出來，抱起貝蒂。

大家的注意力又回到凱利先生的身上。

「你說什麼來著？」陶品絲問。

凱利先生因為被人冒犯而生氣。

「這個女人總是把孩子扔下不管，想讓別人替她照顧。我覺得，我還是圍上毛圍巾好了。太陽要下山了。」

「哦，可是，凱利先生，還是接著講吧，你講的事真有意思。」

凱利先生似乎得到某種撫慰，把羊毛圍巾裹緊了一些，繼續他的「演講」。

「就像我剛才說的那樣，德國有非常健全的制度……」

陶品絲回過頭，望著凱利太太問：「你是怎樣看待這場戰爭的，凱利太太？」

凱利太太嚇一跳。

「哦，我怎麼看待？你……你這話是什麼意思？」

「你覺得會打上六年嗎？」

「啊，但願不要。六年，太長了，不是嗎？」

「是的，是太長了。你自己是怎麼想的？」

聽了這個問題，凱利太太似乎很緊張，她說：「啊，我……我不知道。艾雷德說需要六年。」

「但你不認為？」

「我不知道，這事很難說，不是嗎？」

陶品絲感到一股怒火在心底升騰。尖聲尖氣的明頓小姐，喜歡發號施令的凱利先生和傻頭傻腦的凱利太太……她的同胞難道就是這樣一群人嗎？還有那位沒精打采、眼睛像醋栗子似的史派特太太，她會比他們好嗎？她，陶品絲，在這兒能找到什麼呢？他們當中恐怕沒有一個……

她的思路突然中斷了。有個身影在晃動……她身後的落日餘暉中站著一個人。她連忙轉頭。

佩倫娜太太站在露台上，眼睛望著這幾個人，目光中有一種……嘲笑嗎？那是一種不屑的輕蔑和鄙視。陶品絲想，一定要多了解這位佩倫娜太太。

§

湯米和布萊奇利少校建立了非常友好的關係。

「打敗過好幾個高爾夫球俱樂部，是嗎，梅多斯？」

湯米不好意思地承認。

「哈，哈！什麼事都瞞不過我這雙眼睛。太棒了。我們一定要比一場。你還沒在這兒的高爾夫球場玩過吧？」

湯米說沒有。

「場地還不錯……確實不錯。也許小了一點，不過前面是非常漂亮的海灘景色。人也不多。怎麼樣？今天早上和我去一趟？我們可以玩一場。」

「非常感謝。我很願意去。」

「你住到聖守喜真讓人高興。」爬那座小山的時候，布萊奇利少校說，「那地方女人太多，吵得你頭痛。真高興有你和我作伴。凱利，就別指望了，他是個病號。除了說他的身體、他的病、他吃的藥，就沒別的話題。他要是能扔了那些藥丸子，每天出去走十英里，就是另外一個人了。再一個男人就是卡爾．馮戴尼。不過，說實話，梅多斯，我對他真有點兒不放心。」

「不放心？」湯米說。

「不放心。你記著我的話，收容難民這種事很危險。要是我，就把他們都關起來。安全第一嘛！」

「這太嚴厲了吧。」

「一點兒都不。戰爭就是戰爭。我很懷疑這個卡爾。有一點很明顯，他不是猶太人。另外，他來這兒才一個月……一個月，注意，是戰爭爆發前一個月！這就很值得懷疑。」

湯米故意讓他把話說下去。

「那麼，你認為……」

「奸細……這就是他的任務。」

「可是，這裡並沒有什麼重要的軍事設施。」

「啊，老弟，這就是他們高招的地方。如果他到像普利茅斯或樸茲茅斯這樣重要的地方，他不早就讓人監視了嗎？可是在這樣一個休閒度假的地方，誰也不會在意。然而不管怎麼說，這是個海岸，對吧？問題是，政府對敵國僑民的政策太寬鬆了。只要有心，誰都能來哭喪著臉說，他的兄弟被關進了集中營。你瞧這個年輕人，渾身上下透著傲氣。他是個納粹，沒錯，他就是個納粹。」

「我們真正需要的是巫醫。」湯米笑說。

「哦，什麼意思？」

「好嗅出間諜呀。」湯米一本正經地說。

「哈哈！說得好，非常好。把他們一個個都嗅出來，是啊！」

他們的談話告了一個段落，因為俱樂部已在眼前。

湯米登記了臨時會員。他還被介紹給俱樂部的祕書，一個神情茫然的老頭。湯米按規定繳納了會費，便和少校打球去了。

湯米打高爾夫球的技術只是中等。他非常高興地發現，他的水準正適合和這位新朋友玩。少校領先兩洞。兩個人玩得很開心。

「打得不錯，梅多斯，相當不錯……你那一球運氣不怎麼樣，用了五號桿，最後一分鐘轉了方向。我們一定要常來玩。走，我給你介紹幾個朋友。他們人都很不錯。有幾位簡直好得就像老太太。啊，海多克在那兒……你會喜歡海多克。他是一位退休的海軍軍官。在山崖上有一棟房子，就在我們住的那家旅館近鄰。他是這個地方的空襲預防隊隊長。」

海多克是個非常熱情友好的大個子，一雙藍眼睛大而有神，臉上是風吹日曬留下的痕跡，習慣扯著嗓子講話。

他十分友好地問候了湯米。

「這麼說，布萊奇利少校這回在聖守喜有伴了。他一定很高興能有個男人和他一起。他快被那個女人世界淹沒了。不是嗎，布萊奇利？」

「我不喜歡往女人堆裡鑽。」布萊奇利少校說。

「胡說，」海多克說，「不過是那些女人不合你胃口罷了，就這麼回事。那些老太太，除了饒舌就是織毛衣。」

「你把佩倫娜小姐給忘了。」布萊奇利說。

「啊，希拉，她當然是個很吸引人的女孩。如果你問我，我會告訴你，她很漂亮。」

「我有點替她著急。」布萊奇利說。

「你這話是什麼意思？喝一杯好嗎，梅多斯？你喝什麼，少校？」

要了酒之後，三個人在俱樂部的遊廊裡坐了下來。海多克又問了一遍剛才的問題。

布萊奇利少校帶著幾分氣憤說：「那個德國小夥子。她好像對他太關注了。」

「你是說，她愛上他了？唔，這可不好。當然了，他是一個很英俊的年輕人。可是那也不行。不行，布萊奇利，我們不能讓這種事發生。這簡直就是和敵人做交易。這些小女孩們，愛國精神哪兒去了？英國的好青年多得是。」

布萊奇利說：「希拉是個古怪的女孩……她總是板著面孔，誰也不理。」

「西班牙血統，」隊長說，「她父親有二分之一的西班牙血統，對吧？」

「不知道。我想，她的姓倒是西班牙姓。」

隊長看了一眼手錶。

「是播報新聞的時間了。我們最好進去聽廣播吧。」

沒什麼新聞，和早晨報紙上說的差不多。對空軍最近的成績做了一番評論……第一流的戰士，雄獅一樣勇敢。之後，隊長又高談闊論起來……德國人遲早要在利漢普敦登陸。他的理論是，因為這地方非屬軍事要塞。

「連一門高射炮也沒有，簡直是恥辱。」

這個話題沒有多談，因為湯米和少校急著回聖守喜吃午飯。海多克非常熱情地邀請湯米到他的寒舍「走私天堂」造訪。

「景色極好……我自己的海灘，家裡有各種小巧的玩意兒。帶他過來吧，布萊奇利。」

他們約定第二天晚上，湯米和布萊奇利少校到海多克家小酌。

§

午飯後是聖守喜最安靜的時刻。凱利先生和忠心耿耿的凱利太太休息去了。明頓小姐帶著班金索夫人去為前線的戰士們打包裹、寫地址。

梅多斯先生無聲無息地溜到利漢普敦，沿著海濱慢慢走著。他買了幾根香菸，又在史密斯的商店裡買了一份最新期的《謗趣》。然後經過一番思索，他跳上一輛寫著「開往老碼頭」的公共汽車。

老碼頭是這條旅遊路線的終點。所有的仲介公司都知道，這地區的房子最乏人問津。湯米花兩便士，慢慢走上碼頭。那是一道粗糙、風雨剝蝕的堤壩，每隔一段距離就設有一個投幣式望遠鏡。堤壩上沒什麼人，只有幾個孩子跑來跑去，快樂的叫喊聲和海鷗的鳴叫遙相呼應。還有一個人孤零零地坐在堤壩上釣魚。

梅多斯先生走過去，低頭凝視著海水，輕聲問：「釣上什麼東西了嗎？」

釣魚的人搖了搖頭。

「魚兒總不上鉤。」格蘭特先生往回繞了幾圈釣魚線，頭也沒回就說：「你的情況怎麼樣，梅多斯？」

湯米說：「還沒有多少可彙報，先生。我正在努力融入環境。」

「好。給我講一下詳細情況。」

湯米在一旁的繫船柱邊坐下，這樣整個堤壩便可盡收眼底，接著他說：「我想，我現在的情況還算順利。你應該已經知道聖守喜都住了些什麼人。」格蘭特先生點了點頭。「現在還沒有什麼好彙報。我和布萊奇利少校建立了很好的關係。今天早上，我們一起打了高爾夫球。他看起來是一位典型的退休軍官。要說有什麼特別的話，那就是或許太典型了點。凱利先生是一位太擔心自己健康的藥罐子。他自己說，前幾年經常到德國。」

「這值得注意。」格蘭特先生說。

「還有卡爾・馮戴尼。」

「是的，梅多斯，不用說，我最感興趣的就是這位卡爾・馮戴尼。」

「你認為他就是N？」

格蘭特先生搖了搖頭。

「不，不是。依我看，N不會是德國人。」

「為了逃脫納粹迫害的難民也不可能？」

「是的。他們知道敵對國的僑民都受到監視。此外……這我們私下說，梅多斯，不久後，十六歲到六十歲的敵國僑民都將被拘留。不管我們的敵人是否知道這一點，他們應該會預料到這種可能性。所以他們絕不會讓自己的間諜頭子被拘留。所以N很可能是中立國的人，要不就是英國人。M當然也一樣。我對卡爾．馮戴尼的看法是，他很可能是這條鏈子上的一環。N或M也許不在聖守喜。但經由卡爾．馮戴尼，我們可以找到我們的目標。在我看來，這種可能性極大。我愈看愈不覺得聖守喜有我們要找的人。」

「看來，你對他們都審查過一遍了，對吧，先生？」

格蘭特先生嘆了一口氣。那是一種大傷腦筋的嘆息。

「沒有，這正是我很棘手的地方。倘若通過情報部門查他們，那真是易如反掌。可是我不能冒這個險，貝里福。因為壞蛋就隱藏在其中。一旦他們發現我在注意聖守喜，那無異打草驚蛇，所以我們派你這個局外人來。你只能在一片漆黑中摸索，得不到我們的幫助。這是我們唯一的機會……我不敢驚動他們。只有一個人我可以公開調查。」

「誰？」

「卡爾．馮戴尼。調查他很容易。那是例行公事。我不當他是聖守喜的房客，而是從敵國僑民的角度審查他。」

湯米好奇地問：「結果呢？」

格蘭特先生的臉上現出一絲微笑。

「正如他自己說的那樣。他的父親因為言行不夠謹慎被逮捕，後來死在集中營。卡爾的兩個哥哥也在集中營。一年前，他的媽媽悲傷過度，不幸去世。戰爭爆發前一個月，他逃到英格蘭。卡爾．馮戴尼有專業技能，非常願意幫助我們，他在化學實驗室裡表現得很出色。他的實驗對消除某些毒氣及淨化空氣，具有重要意義。」

湯米說：「這麼說，他沒什麼問題了？」

「當然很難絕對保證。我們的德國朋友以思慮周密聞名於世。如果卡爾．馮戴尼是他們派來的間諜，他們必定會準備一份和他的陳述完全一致的資料。有兩種可能性。一是馮戴尼家的故事是整個陰謀的一部分。在納粹的統治下，這種精心安排不是不可能。再者是這個年輕人不是真正的卡爾．馮戴尼，而是一個冒牌貨。」

湯米若有所思地說：「我明白了。」然後又岔開這個話題說：「他看起來是個相當不錯的年輕人。」

格蘭特嘆了一口氣說：「是不錯……他們幾乎總是很不錯。我們的工作有其難言的苦澀。我們尊敬我們的對手，他們也尊敬我們。你知道，我們常常喜歡上自己的對手……雖然極力想把他打敗。」

湯米不語，心想，戰爭真像一頭怪獸。格蘭特的聲音打斷他的沉思。

「但是有的人我們既不尊敬也不喜歡。就是那些隱藏在我們內部的叛徒，那些為了從敵人那兒得到高官厚祿而不惜出賣祖國的人。」

湯米激動地說：「我的上帝，我完全同意你的看法。那真是卑鄙至極。」

「到頭來，他們只能落個可恥的下場。」

湯米有點疑惑地問：「難道真的有這種小人嗎？」

「到處都有。我跟你講過，我們情報部門就有。野戰部隊有，國會議員裡有，甚至那些高高在上的部長裡也不乏其人。我們一定要把他們清除出去。而且要快。不能從底層做起，只注意那些小嘍囉，那些在公園裡搧風點火、蠱惑人心的人。他們根本不知道誰是大頭頭。我們要找的是那些大人物。這些人可以造成無法估量的損失……如果不能把他們及時揪出來，悲劇就會成真。」

湯米信心十足地說：「我們一定來得及的，先生。」

格蘭特問道：「你為什麼這麼有自信？」

湯米說：「你剛才不是說了嗎？我們勢必成功！」

格蘭特先生轉過臉，用審視的目光看了湯米一兩分鐘，又一次注意到他下巴上那意志堅定的曲線，敬佩和讚賞之情油然而生。他十分平靜地說：「好傢伙！」

他繼續說：「客居聖守喜的那幾位女人呢？有沒有可疑之處？」

「我覺得聖守喜的女老闆有點奇怪。」

「佩倫娜太太？」

「是的，你知道……關於她的情況嗎？」

格蘭特先生慢吞吞地說：「我當然可以去看她的檔案。但是我跟你說過，這很危險。」

「是的，最好不要心存僥倖。她是我唯一覺得可疑的人。還有一個年輕的母親、一個老處女、藥罐子那位沒頭腦的妻子，一位看起來令人生畏的愛爾蘭老太太。從表面上看，誰都沒問題。」

「就這幾個人嗎？」

「不，還有一位班金索夫人……三天前才來。」

「是嗎？」

湯米說：「班金索夫人就是我的妻子。」

「什麼！」格蘭特先生非常驚訝，轉過臉，憤怒地盯著湯米。「我記得對你說過，貝里福，不能對你的妻子提半個字！」

「沒錯，長官，我也確實守口如瓶。如果你想聽聽我的解釋……」

湯米把事情簡單地敘述了一遍。他不敢看格蘭特先生，而且盡量控制自己，不流露出為妻子驕傲的感情。

他講完之後，兩個人都沉默了一會兒。之後，格蘭特先生突然發出怪聲，狂笑了起來，而且一直笑了好幾分鐘。他說：「我得向這位婦女脫帽致敬。她簡直是絕無僅有的奇葩。」

「我同意。」湯米說。

「伊森普登要是知道這事一定會捧腹大笑。他警告過我不要小看你的妻子。他說，要是敢不把她放在眼裡，遲早都會被她擊敗。可是我沒聽他的話。雖然我知道一定要小心謹慎。你也看到，為了怕她聽見我們的計畫，我大費了一番心思。我先前就打聽清楚只有你和她在家，對這一點我還挺放心。我確實聽見電話那頭的聲音，說要她馬上過去一趟，也聽到砰的一聲關門的聲音……就這樣被她略施小計瞞了過去。是的，你的妻子，她真是一個聰明過人的女人。」

他沉默了一會兒，又說：「請你代我轉告她，我認輸了。」

「那我想，現在她可以參與這件工作了，對吧？」

格蘭特先生做了一個鬼臉。

「不管我們同不同意，她已經參與了。請你告訴她，如果她願意紆尊加入我們的工作，情報部將不勝感激。」

「我一定告訴她。」湯米說，臉上掛著一絲微笑。

格蘭特先生很嚴肅地說：「我想，你的確無法勸她回家，讓她在家裡老老實實待著，對吧？」

湯米搖了搖頭。

「你不了解陶品絲。」

「我已經開始了解了。我之所以那麼說，是因為這件工作很危險。一旦他們發覺你或者她……」

他還沒把話說完，湯米就搶著說：「這一點我非常清楚，先生。」

「看來連你也無法說服自己要她避開危險。」

湯米慢慢地說：「我自己就不願意這樣做……陶品絲和我從來沒有擔心過危不危險。我們總是一起迎接挑戰。」

他想起一次大戰快要結束時，他們經常說的那句話：「患難共同體」。

這就是他和陶品絲的生活，他們過去是，將來是，而且永遠都是患難共同體……

／04

晚飯前，陶品絲走進聖守喜的休息室，裡面只有奧羅克太太。她坐在窗戶旁邊，看起來就像一座小山。她熱情洋溢、滿懷激情地問候陶品絲。

「啊，不是班金索夫人嗎！你和我一樣，都喜歡進餐廳前先下來坐一坐。好天氣的時候打開窗戶，這房間還不錯，聞不到味道。在這家旅館，到哪兒都逃脫不了那股討厭的味道，尤其是在燉洋蔥和白菜的時候。坐下吧，班金索夫人。告訴我，今天你都幹什麼去了，你覺得利漢普敦怎麼樣？」

陶品絲覺得奧羅克太太身上有一種邪魅的東西。她就像童話裡面的吃人女妖。肩大腰圓，聲音粗沉，還長著很顯眼的鬍子；眼睛深陷、閃亮，每個部位都比一般人大。她確實像孩提時代夢幻中的妖怪。

陶品絲說，她挺喜歡利漢普敦，在這兒很快樂。

「那是，」她滿懷傷感地說，「在操心煩憂快要壓垮我的情況下，難得的快樂時光。」

「啊，不要太煩惱。」奧羅克太太安慰說，「你的兒子們會平平安安回來的。這是一定的。我記得你有一個兒子在空軍，對吧？」

「是的，雷蒙。」

「他現在在法國，還是在英國？」

「眼下他在埃及。這是他在上封信裡說的……不是真的『說』，只是我們有自己約定的暗號，你知道。我們用某句話表示某個意思。我認為這樣做無可非議。你說呢？」

奧羅克太太馬上回答道：「當然。這是母親應該享有的特權。」

「是啊。你能理解，我只是想知道我的兒子在哪兒。」

奧羅克太太點了點碩大的頭顱。

「我完全理解。我要是有個兒子在前線，也會用這種辦法瞞過信件檢查。你的另外一個兒子好像在海軍，對吧？」

陶品絲很有禮貌地講起道格拉斯的「英雄傳奇」。

「你知道，」她大聲說，「三個兒子不在家，我就像失落了什麼。他們以前從來沒有三個人一起離家過。他們對我都好貼心，我覺得他們更把我當成朋友而非母親。」她不好意思地笑了起來。「有時候我不得不責備他們幾句，他們才不需要我這個老媽陪在身邊。」

陶品絲心想，我聽起來多麼討厭呀！

她繼續大聲說：「我真不知道我該做什麼、該去哪兒。我在倫敦的房子租約到期了，要是續租實在太傻，所以就想，如果能找個僻靜、服務品質不錯的地方……」她停了下來。

奧羅克太太又點了點頭。

「我完全同意。現在倫敦不是個好待的地方，實在太壓抑了。我在那兒生活過好多年。我是個古董商。你或許知道我的店，在切爾西區科納比街。門上寫著『加特加利的店』。我還經銷一些非常漂亮的小玩意兒……非常漂亮。大多數是玻璃製品，Waterford、Cork 等等都精美無比。枝形吊燈、虹彩陶瓷器、潘趣酒[1]碗，應有盡有。還有外國的玻璃工藝品。我也有許多小型家具……沒有大家具，都是一些小古董，大多數是胡桃木和橡木做的。哦，真是些可愛的玩意兒。我有幾位相當不錯的顧客。可是一打仗，一切都完了。我還挺幸運，損失不太大。」

陶品絲模模糊糊地記起那家店。那裡面擺滿了五光十色的玻璃製品，連走路都很困難。店老闆是個塊頭很大的女人，聲音很具說服力。是的，她以前一定進過奧羅克太太的店鋪。

奧羅克太太繼續說：「我不是那種喜歡怨天尤人的人……不像住在這兒的某些人。凱利先生就是其中之一。一天到晚圍著圍巾，無病呻吟，抱怨他的事業毀於一旦。當然是毀於一

1 潘趣酒是一種用酒、果汁、牛奶等調和的飲料。

旦，這是戰爭哪。還有他那位太太，從來沒聽她吭過一聲。史派特太太也成天為她的丈夫大驚小怪。」

「他也在前線嗎？」

「沒有。他只是一家保險公司一個無關緊要的小職員，害怕空襲，戰爭一開始就把妻子、女兒送到這兒，要我說，考慮到孩子的安全，送到這兒也不是不可以——而且小傢伙實在可愛——問題是史派特太太總是嘰嘰噥噥，說她的丈夫時運不濟，說亞瑟一定想她想得不得了。但要是你問我，我會說，亞瑟或許根本就不想她。也許他另有所愛呢。」

陶品絲喃喃著說：「我真為當母親的人難過。如果孩子們離開你，你就永遠不得安寧。如果你跟兒女一起走，又放心不下丈夫。」

「啊，是啊！這就叫魚與熊掌不可兼得。」

「這地方看起來收費還挺合理。」

「是的。把錢花在這兒還值得。佩倫娜太太是個優秀的管理者。不過這個女人也是挺古怪的。」

「怎麼個古怪法？」

奧羅克太太眨了眨眼，說：「你也許認為我愛說三道四。這話不錯。我對我的同胞很感興趣，所以我總是坐在椅子裡觀察他們，看他們出出進進，看誰在門廊裡，誰在花園裡。我們剛才說什麼來著……對了，佩倫娜太太。我說她這個人很古怪。這個女人一定有不平凡的經歷，要不然就是我錯了。」

「你真的這樣認為嗎？」

「當然。她自己也神祕兮兮的。有一天我問她：『你是從愛爾蘭什麼地方來的？』你猜怎麼，她直直望著我，大聲說她根本不是從愛爾蘭來的。」

「你認為她是愛爾蘭人？」

「她當然是愛爾蘭人。我了解自己國家的女人。我甚至可以說出她是哪個地方的人。可是你聽她是怎麼說的：『我是英國人，我丈夫是西班牙人。』」

奧羅克太太突然停下話頭。史派特太太走了進來，後面跟著湯米。

陶品絲立刻裝出一副活潑可愛的樣子。

「晚安，梅多斯先生。今天晚上你看起來氣色真好。」

湯米說：「多運動，這就是祕訣。上午打了一場高爾夫球，下午在海濱散步。」

史派特太太說：「今天下午我帶著孩子到海灘玩，她想走到海裡，但是我覺得海水一定很涼，就幫她用沙子堆城堡，結果一隻狗叼起我正在織的毛線團就跑，一直跑了好遠。真討厭。再接上先前的針腳太難了。我織毛衣一點也不在行。」

「你那頂帽子織得還不錯，班金索夫人，」奧羅克太太說，又把注意力集中到陶品絲身上。「我覺得你的手藝滿好的，可是明頓小姐說，織毛線你是個新手。」

陶品絲紅了一下臉。奧羅克太太的確很有眼光。陶品絲有點煩惱地說：「我常織毛衣，跟明頓太太也是這麼說的。不過，我想她這個人好為人師。」

大夥兒表示贊同，都笑了起來，幾分鐘之後，其他人也都走進餐廳，開飯的鈴聲響了。吃飯的時候，話題轉到間諜身上。老掉牙的故事又重複了一遍：一位修女長著肌肉結實的臂膀；神父打開降落傘從飛機上跳下來的時候，說的都是凡夫俗子的話；一位奧地利廚師在臥室的煙囪裡藏了一台無線電發報機。所有這些故事都發生在在場人士的姑姑、阿姨或堂表兄弟的身上。話題很快就順勢轉到第五縱隊的活動。眾人都對英國的法西斯、共產黨、和平黨以及那些保守的反對黨都大加撻伐。這是每一天都能聽到的普通談話，可是陶品絲非常注意地傾聽著，研究他們說話時的神態，希望找到偽裝的表情或字語。但什麼也沒有。也許是出於沉默寡言的習慣，希拉．佩倫娜沒有參加他們的談話。她一個人坐在那兒，陰沉著臉若有所思。

這天晚上，卡爾．馮戴尼沒來餐廳吃飯，所以大家可以毫無遮攔地閒聊。

一直到吃完飯，希拉才說了話。

史派特太太細聲細氣地說：「依我看，德國人在一次大戰中犯下的最大錯誤就是槍斃了卡維爾[2]護士。這件事很不得民心，弄得大家都反對他們。」

這時希拉突然轉過頭，用年輕人火辣辣的聲音說：「為什麼不該槍斃她？她是間諜啊，不是嗎？」

「哦，不，她不是間諜。」

「她在敵人占領的國家幫助英國人逃亡。對於德國人來說，這就是間諜。為什麼不該槍斃她？」

「哦，可是槍斃一個婦女，一個護士……」

希拉站起身來。

「我想德國人做得沒錯。」她說。

她從窗戶跳進花園。

點心——還不熟的香蕉和放了好長時間的橘子——端上好一陣子了。人們都站起身來，到休息室喝咖啡。

只有湯米神不知鬼不覺地朝花園走去。他看見希拉．佩倫娜斜倚在陽台上眺望著大海。他走過去在她身邊停了下來。

希拉沉重地喘息著，湯米由此看出她心裡一定十分煩亂。他遞給她一根香菸，希拉沒有拒絕。

他說：「真是一個美好的夜晚。」

2 卡維爾（Edith Louisa Cavell, 1865-1915），英國護士，第一次世界大戰時因幫助協約國士兵逃出德國占領下的比利時，被德國占領軍處死。

希拉喃喃著說：「本來可以很美好……」

湯米滿腹狐疑地看著她，突然感覺到她煥發著青春的活力和魅力。她有種混亂的氣質，一種侵略的力量。他想，這個希拉一定很容易讓男人迷惑。

「你的意思是說，如果沒有這場戰爭的話？」他說。

「我不是這個意思。但我恨這場戰爭。」

「我們都恨。」

「你們和我的恨法不同。我恨時下流行的空話，恨那種沾沾自喜、自鳴得意，還有那種很討厭、很討厭的愛國主義。」

「愛國主義？」湯米吃了一驚。

「是的，我討厭愛國主義。你明白嗎？開口祖國，閉口祖國！背叛祖國，為祖國而死，向祖國效忠。一個人的祖國為什麼那麼重要呢？」

湯米說：「我也說不清楚，但它就是重要。」

「對我並非如此！哦，對你自然十分重要。你們跑到國外，販賣大英帝國，回來之後一肚子鐵石心腸，滿嘴陳腔濫調，張口閉口說土著如何如何，喝的卻都是印度美酒或者這類的東西。」

湯米輕聲說：「但願我不像你說得那麼壞，親愛的。」

「也許我這樣說有點誇張。不過你應該明白我的意思。你忠於大英帝國，相信……愚蠢地相信……你可以為自己的國家死而無憾。」
「我的國家，」湯米冷冰冰地說，「還沒到非要我為她去死的地步。」
「是的，但你願意。這就很蠢！世上沒有什麼值得你犧牲生命。全是誇誇其談、空想、唱高調。我的國家對於我就什麼也不是。」
「總有一天，」湯米說，「你會驚訝地發現，它對於你非常重要。」
「不，永遠不會！我已經為它飽受磨難，我已經……」
她停下話頭，突然轉過臉，十分衝動地說：「你知道我的父親是誰嗎？」
「不知道。」湯米興趣陡增。
「他叫派屈克．馬奎爾。他……他是一次世界大戰凱斯蒙[3]的追隨者。後來以叛國份子的罪名被槍殺。完全沒意義！只是為了理想，和別的愛爾蘭人一起盲目地往前衝。為什麼他不能老老實實待在家裡安分一點呢？他對一些人是偉大的英雄，對另外一些人卻是可恥的叛國份子。我覺得，他根本是愚蠢！」
湯米感覺到這女孩被壓抑的感情正在奔湧而出。

3　凱斯蒙（Sir Roger David Casement, 1864-1916），愛爾蘭爭取民族獨立的領導者，當過英國外交官，曾領導一九一六年的愛爾蘭復活節起義，預定由德國提供軍火，起事前遭逮捕，在倫敦被處絞刑。

「這麼說，這個陰影一直伴隨著你長大？」

「『陰影』，形容得真好，媽媽改名換姓，我們在西班牙住了幾年。她總說，我父親有二分之一的西班牙血統。不管走到哪兒，我們都得撒謊。我們走遍了整個歐洲，最後來這兒開了這家旅館。我覺得這是我們迄今為止做過最令人討厭的事。」

湯米問道：「你媽媽……對這些事情，怎麼看？」

「你是說，我爸的死？」希拉沉默了一會兒，皺著眉頭想了想，慢吞吞地說：「我一直都不知道……她從來不說。要了解媽媽的想法或感覺可不容易。」

湯米若有所思地點了點頭。

希拉突然說：「我……我不知道怎麼會和你談這些。我太激動了。我們是從哪兒談起的？」

「愛迪絲．卡維爾。」

「哦，對了，從愛國主義。我說我討厭愛國主義。」

「你難道忘了卡維爾護士說過的一句話嗎？」

「什麼話？」

「她死前說的話。你不知道她說了些什麼？」他重複了一遍卡維爾的話：「愛國主義還不夠……我的心靈必須沒有仇恨。」

「哦……」她呆呆地站著，半晌說不出話來。

然後，她連忙回過身，消失在花園的陰影裡。

§

「所以，你看，陶品絲，這樣一來就對上了。」

陶品絲若有所思地點了點頭。海灘一片空曠，她靠著防波堤站著。湯米坐在堤上，那片供人散步的空地盡收眼底。倒不是為了等待什麼人。這天早晨，旅館裡那幾位房客的行蹤他一清二楚。反正他們倆的會面總給人留下一種不期而遇的印象：女士喜出望外，男士則大驚失色。

陶品絲說：「佩倫娜太太？」

「是的。是M，不是N，她符合條件。」

陶品絲若有所思地點了點頭。

「是的。她是愛爾蘭人——正如奧羅克太太猜的那樣——可是又矢口否認。她經常出入歐陸，化名佩倫娜太太來這兒開了這家旅館……這是種極好的偽裝，因為這裡住滿了那些不重要又無聊的人。她丈夫以叛國罪被處死。她具備在這裡經營第五縱隊的資格。是的，完全符合。依你看，那個小姐也捲進去了嗎？」

湯米非常肯定地說：「絕對沒有。如果她也是間諜，一定不會對我說這些。我……我覺得自己有點小人。」

陶品絲點了點頭表示體會。

「是的，會有這種感覺。就某方面而言，這工作挺見不得人。」

「可是非常重要。」

「哦，當然。」

湯米臉紅了一下，說：「我和你一樣，不想撒謊……」

陶品絲打斷他的話。

「我並不介意撒謊。說實話，我常常為自己的撒謊技巧而得意。我感到沮喪的是，每當忘了說謊……完全以本來面貌面對這個世界的時候，你得到的反應和平常完全不一樣。」她停了一下繼續說：「這就是昨天晚上你碰到的情形……和那個女孩談話時，她對你真實的自我做出了回應，所以你感到不安。」

「我相信你是對的，陶品絲。」

「是的。因為我自己也碰到了這樣的情況……和那個德國小夥子。」

湯米說：「你對他怎麼看？」

陶品絲很爽快地說：「如果你問我，我覺得他和這樁事沒有任何關係。」

「格蘭特先生認為有。」

「你那位格蘭特先生呀！」陶品絲咯咯咯地笑了起來，興致來了。「我真想看看你和他提起我時，他臉上的表情。」

「不管怎麼說，他對你致上了崇高的敬意，而且你已經獲准參與這件工作。」陶品絲點點頭，但是看起來有點心不在焉。她說：「你還記得一次大戰之後，我們搜尋布朗先生的事嗎？你還記得那時候多好玩、我們多興奮嗎？」

湯米點了點頭，顯得神采奕奕。

「當然記得！」

「湯米……現在為什麼和以前不同了呢？」

他想了想，老臉變得嚴肅起來，說道：「我想，這應該是……年齡的原因。」

陶品絲尖聲說：「難道你也認為我們老了嗎？」

「不，我覺得我們並不老。只是，這一次……沒那麼好玩罷了。其他事情也一樣。這是我們經歷過的第二次戰爭……這一次，與前面一次有很大的不同。」

「我明白。我們看到了戰爭的悲哀、恐懼和它造成的破壞。而此前，我們太年輕，很少想這些事。」

「正是。一次大戰時，我也有害怕的時候，有那麼一兩次還差點命喪黃泉。可是也有快樂的時候。」

陶品絲說：「我想德瑞克一定和我們當年的想法一樣。」

「最好不要總想著他，老太婆。」湯米說。

「你說得很對，」陶品絲語氣堅定地說，「我們已經接受了任務，就一定要把它完成。讓我們研究一下情況吧。佩倫娜太太有什麼疑點嗎？」

「可以說，她呼之欲出。難道你覺得還有誰值得懷疑嗎，陶品絲？」

陶品絲想了想。

「沒有，沒有了。我來這兒之後的第一件事，當然是把他們每個人都仔細研究一遍。有幾個人看起來根本就不可能。」

「比如……」

「哦，比如明頓小姐，這位地地道道的英國老處女；史派特太太和她的小貝蒂；還有那位愚蠢的凱利太太。」

「可是傻瓜是可以裝出來的。」

「哦，那倒是。不過要扮演喜歡大驚小怪的老處女和只管自己死活的年輕母親，很容易就演過了頭，而這兩位可是相當自然。再說史派特太太有個孩子。」

「我想，」湯米說，「即使一個祕密特務也可能有孩子。」

「但是總不會帶著孩子來工作吧，」陶品絲說，「這種工作不是能帶著孩子完成的。對這一點，我很有把握，湯米。我很清楚，你一定會設法讓自己的孩子不要捲入這種事。」

「好，就算你對，」湯米說，「我同意你把史派特太太和明頓小姐排除在外。可是，對凱利太太我就沒把握了。」

「是的，也許她有可能。因為她的表現確實有點誇張。我的意思是，很少有女人會白癡到那種程度。」

湯米喃喃說道：「我察覺到，要做一個可愛的妻子，往往得裝傻一下。」

「你是從哪兒觀察的？」陶品絲問，頗有點咄咄逼人。

「反正不是從你身上，陶品絲。你對我的忠誠還沒到這個地步。」

「以一個男人而言，」陶品絲和藹地說，「你發神經的時候，廢話倒是不多。」

湯米又把話題轉回到眾人的可能性上。

「凱利，」湯米邊想邊說，「凱利這個人有點可疑。」

「是的。有可能。奧羅克太太呢？」

「你覺得她怎麼樣？」

「我還不太清楚。她挺討人厭，好像一個嗜血成性的人……如果你明白我的意思。」

「我明白你的意思。我倒覺得那是因為她喜歡損人利己。她是那種人。」

陶品絲慢慢地說：「她……她觀察入微。」

她想起奧羅克太太對她織毛衣的評語。

「布萊奇利呢？」湯米說。

「我幾乎沒和他說過話。對他，你應該了解得比我多。」

「我想，他只是一個老派紳士。我是這樣認為的。」

「正是，」陶品絲說，似乎只是附和湯米。「這種工作最糟糕的是，你非得把一個普普通通的人扭曲、變形，讓他們符合你自己那種變態的條件。」

「我已經試探了幾次布萊奇利。」湯米說。

「你是怎麼試探的？我自己也考慮過幾種試探的辦法。」

「只是給他設幾個小小的陷阱。時間呀，地點呀，諸如此類的。」

「你能說得詳細點嗎？」

「比方說，我們聊打野鴨的事。他提到法尤姆[4]，某年某月在那兒打獵滿載而歸。還有一次我提到埃及，一個全然不同的話題。聊了木乃伊、圖坦卡蒙[5]，以及諸如此類的事。我問他見過那些文物，還有他是什麼時候在那兒的，再暗地裡核對他說得對不對。再比如我提到『半島和東方輪船公司』，說出一兩艘船的名字，還說某某船很舒服。他便順口說到某一次航行。回去之後我就核對。都是些不會讓他警覺的小事，只是查查他說話確實與否。」

「到目前為止，他還沒露出什麼破綻？」

「沒有。這是一種非常好的考察方法，陶品絲。」

「是的。不過，我想如果他真是N，他總會把自己的經歷編造得萬無一失吧。」

「啊，是的。大事當然不會出錯，可是一些不重要的細節未必抓不到漏洞。而且如果某些細節記得過分清楚，那也實在不像是一個正常人的行為。普通人不會不假思索地說出他是在一九二六年還是一九二七年獵過鴨子。他總要想一想才能告訴你。」

「所以迄今為止，你還沒抓到他的小辮子？」

「迄今為止，他一切正常。」

「那麼，結論是……排除。」

「正是。」

「好了，」陶品絲說，「我把我的想法跟你說一下。」

於是她說了起來。

§

回旅館的路上，班金索夫人去了一趟郵局，買了幾張郵票，從郵局出來後又進了一個公用電話亭，撥了一個號碼找「法拉第先生」。這是她和格蘭特先生聯繫的辦法。她面帶微笑走出電話亭，慢慢朝旅館走去，路上又買了一些毛線。

微風徐徐地吹，這是一個讓人神清氣爽的下午。陶品絲捨棄她一向精力充沛、疾步前進

4 法尤姆（Faiyum）是埃及東北部城市。

5 圖坦卡蒙（Tutankhamun, 1341BC-1323BC），古埃及第十八王朝的國王。

的步伐，改以悠閒散慢的走姿緩行，以符合班金索夫人的形象。班金索夫人是個閒人，平日除了織毛衣（還不是很在行）、給兒子寫信便無事可幹。她總是給兒子們寫信，有時候還沒寫完就隨便扔在桌上。

陶品絲慢慢地爬上小山丘，朝聖守喜走去。因為不是一條公路（這條路只到「走私天堂」，海多克隊長的府邸），路上車輛行人很少，只有幾輛小貨車在早上跑來跑去。陶品絲興致勃勃地看著馬路兩旁住家、旅館的名稱——「貝拉海景」（很不準確，因為從這家旅館只能看到一點點大海的風景。主要的景色在大路那邊的維多利亞公園）。接下去是「卡拉奇」。再往下是「雪莉塔」。然後是「海景」（這次比較準確）。「克萊爾城堡」（非常可笑，因為它只是一家很不起眼的小旅館）。「特里羅尼」，大小和佩倫娜太太的旅館不相上下。最後是聖守喜那棟紫紅色的建築。

快要走到聖守喜時，陶品絲發現門口站著一個女人，正向裡面張望。她似乎非常緊張，而且保持著高度的警覺。

陶品絲幾乎是下意識地放輕了腳步，踮著腳尖小心翼翼地向前走去。

那個女人直到陶品絲走到背後才發現她。她嚇了一跳，連忙回過頭來。

女人個子很高，穿得破破爛爛，可是那張臉十分特別。她並不年輕，也許還不到四十歲。但她的臉和身上的裝束形成鮮明對照。她滿頭金髮，顴骨略高，曾經——應該說，現在仍然——非常漂亮。有一瞬間，陶品絲覺得她非常面熟。可是那感覺很快便消逝了。她想，不管怎麼說，這是一張看上一眼就很難忘記的臉。

女人顯然嚇了一大跳，臉上一閃而過的驚恐沒有逃過陶品絲的眼睛（這是不是有點怪？）。

陶品絲說：「對不起，你在找什麼人嗎？」

女人非常緩慢地用一種外國口音說出幾個好像早在心裡背下的字：「這裡是聖守喜嗎？」

「是的。我就住在這兒。你要找什麼人嗎？」

女人停了一下才問道：「請您告訴我，這兒有一位羅森斯坦先生嗎？」

「羅森斯坦先生？」陶品絲搖了搖頭。「沒有，恐怕沒有。也許他在這兒住過，現在已經走了。我替你問一下好嗎？」

那個奇怪的女人連忙搖了搖手表示拒絕。她說：「不……不。是我搞錯了。對不起。」

說完她便轉過身，向山下快步走去。

陶品絲站在那兒直盯著她的背影，疑心大起。這個女人的行為舉止和她的言談之間有明顯的差異。陶品絲覺得所謂「羅森斯坦先生」完全是無中生有，它只是那個女人腦子裡閃過的第一個名字。

陶品絲猶豫了一下，朝山下走去。人們所謂的「直覺」驅使她跟蹤那個女人。

但剛走幾步她便停了下來。跟蹤那個女人必定會把人們的注意力吸引到自己身上。她和那個女人說話時，正要進聖守喜大門。現在如果有人看見她跟在她後面，一定會懷疑這位班金索夫人並不像表面那樣簡單。當然，前提是如果這個形跡可疑的女人真是敵人的一步棋。

不，不管怎麼說，她必須把班金索夫人的角色演到底。

陶品絲轉過身又向山上走去。她走進聖守喜，在門廳停了一會兒。像平常剛過中午的時候一樣，旅館裡空蕩蕩的沒什麼人。小貝蒂在午睡，年紀大一點的房客有的在房間休息，有的出去閒逛。

陶品絲站在昏暗的門廳想著剛才的事情，突然聽見一個輕微的響聲。她很熟悉這個聲音……那是鈴聲的回音。

聖守喜的電話裝在門廳裡。陶品絲剛才聽見的響聲是拿起或者放下分機話筒時發出的聲音。而這個分機裝在佩倫娜太太的臥室。

如果是湯米，一定會躊躇不前。可是陶品絲一點兒也沒有猶豫。她輕手輕腳走過去，小心翼翼拿下話筒放在耳邊。

有人正在使用分機，她聽見一個男人的聲音：「……一切順利，按第四計畫……」

一個女人的聲音：「好的，繼續。」

喀噠一聲，分機的話筒放下。

陶品絲站在那兒眉頭緊皺。那是不是佩倫娜太太的聲音？剛才她只聽見幾個字，很難判斷。如果能多聽見幾句就好了。當然，那可能是極其普通的談話。光憑她聽見的隻字片語不能說明任何問題。

一個黑影從門口閃過。陶品絲連忙放下話筒，站了起來。是佩倫娜太太。

「今天下午天氣真好。你要出去嗎，班金索夫人？還是剛回來？」

這麼說，剛才在佩倫娜太太房間裡打電話的不是她本人。陶品絲支吾了幾句「逛得很愉快」便向樓梯走去。佩倫娜太太跟在後面。她好像比平常高大。陶品絲深覺她是一個很健壯也很敏捷的女人。

她說：「我得趕快把東西放下來。」

她急匆匆地爬上樓梯，在拐彎處和奧羅克太太撞了個滿懷。她那巨大的身軀堵住了她的去路。

「天哪，天哪！班金索夫人，什麼事這麼急？」

她沒讓路，只是居高臨下站在那兒朝陶品絲微笑。和平常一樣，奧羅克太太的微笑中有一種讓人害怕的東西。

突然之間，陶品絲感到一種莫名的恐懼。

上面是這位面帶微笑的愛爾蘭老婦，聲音低沉，擋住她的去路；下面樓梯上則緊緊跟著佩倫娜太太。

陶品絲朝身後瞥了一眼。恍惚中，她彷彿看見佩倫娜太太那張仰起來的面孔充滿威脅。真是荒唐！光天化日之下，一個普普通通的海濱小旅館能發生什麼可怕的事？但此刻旅館裡一片寂靜，一點聲音也沒有，只有她自己被這兩個女人夾在樓梯中間。毫無疑問，奧羅克太太的微笑中包含著什麼……那是一種獰笑。陶品絲焦急地想：「就像一隻耍弄老鼠的貓。」

突然，緊張的氣氛消失得無影無蹤。一個小小的身影從樓梯頂端快樂地叫喊著跑了過來。小貝蒂穿著短褲、背心，從奧羅克太太身邊繞過去。哇哇地叫著「匹波」，然後猛地撲到陶品絲的懷裡。

氣氛馬上變了。巨人般的奧羅克太太喊了起來。

「啊，小寶貝，愈來愈乖，愈來愈可愛了。」

佩倫娜太太轉了一個彎，走進廚房。陶品絲拉著小貝蒂的手，從奧羅克太太身邊跑過。她們穿過走廊，史派特太太正在房裡等著責怪偷偷跑出去的小貝蒂。

陶品絲和小貝蒂走了進去。

房間裡的家庭氣氛使她生出一種很古怪的安全之感。裡面到處扔著小孩衣服、毛絨絨的玩具、有圍欄的兒童床，梳妝台鏡子裡還映出史派特太太那張溫順但平凡的臉。她正抱怨洗衣的價格太貴。陶品絲也覺得佩倫娜太太不讓房客使用自己的電熨斗太不公平了。

一切都那樣自然、那樣溫馨、平淡無奇。

可是剛才在樓梯上……

「神經過敏，」陶品絲對自己說，「完全是神經過敏。」

然而真的是神經過敏嗎？有人從佩倫娜太太的房間裡偷偷打電話。是奧羅克太太嗎？這件事的確有點奇怪。打電話的人必定是怕別人聽見，才溜到佩倫娜太太的房間裡去打的。

陶品絲想，一定是很簡短的談話，只為交換簡短的訊息。

「一切順利，按第四計畫……」

這句話可能沒什麼意思，也可能非常重要。

第四，是一個日期嗎？是指某個月的四號嗎？

或者是第四個座位、第四根燈柱，還是第四道防波堤……很難理解。

也可以理解成第四座橋梁。一次世界大戰時，敵方就曾試圖炸毀一座橋。

真的會有什麼含義嗎？

也許只是落實日常生活中一件再普通不過的事。佩倫娜太太或許告訴過奧羅克太太，她可以隨時使用她房間裡的電話。

至於樓梯上的緊張氣氛，完全是自己精神緊張引起的……

寂靜無聲的房子。陰謀和邪惡正在某個陰暗角落進行……

「實際一點吧，班金索夫人，」陶品絲對自己非常嚴厲地說，「繼續執行你自己的工作吧！」

05

海多克隊長是個非常真誠、好客的主人。他滿懷熱情地歡迎梅多斯先生和布萊奇利少校的來到，堅持帶領他們參觀他的府邸。

所謂「走私天堂」原先是海岸守衛者的兩棟別墅，坐落在俯瞰大海的山崖之上。山崖下面有個隱蔽的小水灣，不過通往那個水灣的山路十分危險，只有敢冒險的人才有膽量在絕壁上攀爬。

後來倫敦一位商人買下這兩棟別墅，把它們合二為一，想改造成一座花園別墅。他平常並不住在這裡，只有夏天才偶爾來住上一陣子。

在這之後，別墅又空了好幾年，只在夏天的時候，連同很少幾件家具一起出租給來避暑的遊客。

「幾年前，」海多克解釋道，「別墅賣給一個叫哈恩的人。這小子是個德國人。你要是問我，我會說他一定是個間諜。」

湯米的耳朵豎了起來。

「這倒挺有意思的。」他說，放下手裡的酒杯。他一直在嘗著杯子裡的雪利酒。

「這些傢伙考慮得真他媽的周到，」海多克說，「在那時就為這場戰爭做了準備。至少我是這麼看的。你看看這個地方的地形。要是從這兒向大海發出信號，那真是再方便不過了。還有山崖下面的水灣，可以供汽艇登陸。而由於山崖的隱蔽，又處於與外界完全隔絕的狀態。哦，是的，別跟我說哈恩那傢伙不是德國間諜。」

布萊奇利少校說：「他當然是。」

「後來怎麼了？」湯米問。

「啊！」海多克說，「有一個長長的故事呢！哈恩在這棟房子上花了許多錢。他在峭壁上修了一條通往海灘的路，全是水泥台階。要花好多好多錢呢。然後，他把房子裡裡外外裝修了一遍：豪華的浴室以及你所能想像到的漂亮裝潢。他是雇誰來做工的呢？不是當地人。據說也不是倫敦哪家建築公司的人，而是清一色的外國人。有的人連一句英語也不會說。你聽了難道不覺得這裡面大有文章嗎？」

「啊，當然，是不大對勁。」湯米表示同意。

「那時候，我住在附近的一棟平房裡。我對這個傢伙到底想搞什麼鬼很感興趣，所以經常在周圍逛逛，看工人們做事。告訴你，他們不願意我在那兒，一點兒也不願意。有一兩次甚至威脅我。如果他們幹的是正大光明的事情，為什麼怕別人看呢？」

布萊奇利點了點頭表示同意。

「你應該向當局報告。」他說。

「我正是這樣做的，兄弟。還因為老是去找警察反映，惹得他們討厭咧。」

他又給自己倒了一杯酒。

「我這樣辛辛苦苦換來了什麼？禮貌的拒絕。他們視而不見、充耳不聞，就像瞎子、聾子。我們這個國家就是這麼回事！他們說，歐洲一片歌舞昇平，現在我們互信互讓，和德國的關係可好的哩！我被他們看作傻瓜、戰爭狂、頑固的老傢伙。那時候，你要是對人們說，『德國人建立了歐洲第一流的空軍，可不僅僅是為了坐飛機出去兜風、野餐』，根本是不知趣的行為。」

布萊奇利少校氣憤地說：「沒人相信！都他媽的是傻瓜。『和平年代』、『妥協有理』都是空話、廢話、大話。」

海多克極力克制著心中的憤怒，臉脹得通紅，說：「他們說我是戰爭份子。還說我是和平的障礙。和平！我知道我們的德國朋友在幹什麼，注意，他們早就開始做準備了。我相信哈恩先生不是在幹什麼好事。我不喜歡他那些外國工匠，也不喜歡他在這樣一個地方大肆揮霍。這我逢人便說，雖然會遭他們的白眼。」

「真是一條硬漢。」布萊奇利不無讚賞地說。

「後來，」隊長說，「我的話終於引起人們的注意。我們這兒新來了一位局長，是個退伍軍官。他對我的意見頗為重視，他手下的人便開始偵查。哈恩察覺之後，連夜逃跑，再也沒見過他的影子。警察奉命搜查，在餐廳裡發現一個十分隱蔽的保險櫃。保險櫃裡有一台無線電發報機和一堆已經撕成碎片的文件。他們還在車庫下面發現了一個油庫，裡面有好幾個很大的貯油桶。這下子，我可得意了。俱樂部裡那些傢伙過去總嘲笑我有『德國間諜情結』，現在都不吭聲了。我們這個國家的問題就在於，大家連起碼的警覺性也沒有。」

「簡直是罪過。傻瓜……我們都是傻瓜！幹嘛不把那些難民都扣押起來呢？」布萊奇利少校已經愈扯愈遠了。

「這個故事的結局是，這棟房子放到市場上出售時，我把它買了下來。」隊長繼續說，不想改變這個他最鍾愛的話題。「我帶你參觀參觀好嗎，梅多斯？」

「謝謝。我很願意開開眼界。」

海多克隊長像孩子似地熱情洋溢。他打開餐廳裡那個很大的保險櫃，指給他們看原先放祕密發報機的地方。又帶湯米去看車庫下面的油庫，指給他看那幾個大油桶。最終，走馬看花地參觀了那兩個漂亮的浴室、非常特別的照明設備和廚房裡各種「小玩意」後，他還特地帶領湯米沿著陡峭的水泥台階下到那個小水灣，一路上又從頭講了一遍，若打起仗來，這些「工事」對敵人何等重要。

海多克興致勃勃地介紹了這個小水灣的「戰略意義」，而這地方之所以得了個「走私天堂」的雅號，正是由於它具備這樣一種特殊意義。

布萊奇利少校沒有陪他們去小水灣一遊。他仍然待在陽台上啜飲杯中的雪利酒。湯米猜想，這個成功追蹤德國間諜的故事，一定是海多克隊長最喜歡和朋友聊起的話題，大夥兒大概都聽了無數次。

回聖守喜的路上，布萊奇利少校證實了這一點。

「海多克是個好人，」他說，「就是太愛嚼舌，肚子裡藏不住話。這個故事他講了一遍又一遍，我們都聽膩了。這棟房子設下的暗道、機關讓他十分驕傲，心情就像老母貓對牠的小貓那般。」

布萊奇利不由得笑了起來，湯米也微笑著表示贊同。

布萊奇利少校又講起一九二三年，他如何成功地揭露了一個不誠實的腳夫。湯米只顧想著自己的事，只是用「是嗎？」「這樣嗎？」「真帥！」之類的話應付。不過對於布萊奇利少校，這種鼓勵已經足夠了。

湯米此刻很清楚地認識到，法考爾臨死前提到聖守喜，表示他在追蹤N或M的方向完全正確。在這個遠離繁華世界的海濱小城，敵人早就開始準備。德國人哈恩在山崖上大興土木，充分表明敵人已經把這裡當作一個聚集地和活動中心。

多疑的海多克隊長無意中發現並且破壞了敵人的陰謀。第一個回合英國贏了。但假如「走私天堂」只是一個進攻計畫的前哨陣地，情況又會怎樣呢？「走私天堂」代表了一個海上聯絡網。這片海灘除了山崖上那條小路，無法與上面溝通，這便成了這場陰謀中一個精采的環節。可是它只是整個計畫中的一部分。

海多克破壞計畫中的這個部分之後，敵人又做出什麼反制行動？他們會不會採取第二個方案，也就是說把賭注押到聖守喜。哈恩是四年前敗露形跡的。湯米從希拉．佩倫娜的談話得知，那以後不久，佩倫娜太太就回到英格蘭，買下聖守喜。那麼他們的下一個行動又是什麼呢？

現在看來，利漢普敦無疑已經成為敵人的活動核心。他們已經在這裡做了周密的部署，建立了一個無形的網絡。他一下子覺得精神倍增。聖守喜那種平靜無聊的氣氛在他心頭所造成的沮喪，驟然間煙消雲散。看來，聖守喜的平靜完全是一種表象。在這層薄薄的帷幕後面，眾多陰謀正在進行中。

根據湯米的判斷，現在問題的癥結就在佩倫娜太太身上，必須透過她經營小旅館這樣一個簡單的事實，進一步追查下去。像是她的熟人、和她保持通信的人、她的社會關係和社會活動。在這個網絡中一定隱藏著她真實活動的核心。如果佩倫娜太太真是那個聲名遠播的女間諜M，那麼，就是她控制著第五縱隊在英國的活動。她的真實身分雖然只有為數極少的幾個上層人物知道，但她必定要和這幾個人保持聯繫。他和陶品絲的任務就是把這種網絡查個水落石出。

湯米已經清楚看到，適當的時候，聖守喜訓練的幾條壯漢就能奪取並且占領「走私天堂」。這個時刻還沒到來，但是正在逼近。

德軍一旦控制了法國和比利時的港口，就可以集中兵力侵略並且征服英國。而眼下法國戰事吃緊，形勢非常緊張。

鑑於英國的海軍十分強大，敵人的進攻只能依靠他們的空中轟炸和英國內部的反叛。如果內部反叛的全部線索就掌握在佩倫娜太太的手裡，那就沒有時間可以浪費了。

布萊奇利少校的話和湯米的想法不謀而合。

「我知道沒有時間可以浪費了。我抓住了阿布杜，我的腳夫，好傢伙，阿布杜……」

布萊奇利還在嘮嘮叨叨講他的故事。

湯米心裡想：「為什麼選擇利漢普敦呢？有什麼特別的原因嗎？這兒遠離政治核心，是個與世隔絕的地方，落後而保守，所有這一切都成了敵人開展活動的理想之地。除此之外還有別的原因嗎？」

小城背後是遼闊的牧場、平坦的農田，很適合運輸部隊的飛機著陸，當然也適合傘兵部隊跳傘。不過也有其他地方具有同樣的優點啊。這兒還有一個很大的化工廠。需要注意的是，卡爾．馮戴尼就受雇於這家工廠。

卡爾．馮戴尼。他充當這個角色太合適了。不過正如格蘭特指出的那樣，如果他真是間諜也不是頭頭，只是一個小嘍囉。因為他的身分很容易受到懷疑，而且隨時可能被拘留。這點大家都心照不宣。但是在被拘押之前，或許他就已經完成了上級交付的任務。他對陶品絲說過，他研究的課題是消除放射性汙染和毒氣對人體的損害。所以，完全存在這種可能性……人們不願意正視的可能性。

湯米認定（雖然不太情願）卡爾是這個陰謀集團的成員。湯米覺得很遺憾，因為他喜歡這個小夥子。不管怎麼說，他是冒著生命危險為自己的國家效力。對於這樣的對手，湯米打心底懷著尊敬，雖然他要盡最大的努力擊敗他。凡是從事這種工作的人，最終的下場往往是被行刑隊處決，然而他們接手這件工作時，對這一點早就心知肚明。

他深惡痛絕的是那些背叛自己祖國的人，他們裡應外合出賣國家。湯米下定決心，一定要把他們統統揪出來。

「……我就是這樣把他們一個不剩地揪了出來！」少校得意洋洋地結束了他的故事。「幹得相當漂亮，對吧？」

湯米一本正經地說：「這是我這輩子聽到最聰明的手段，少校。」

§

班金索夫人正在讀一封薄薄的、來自國外的信，信封上面蓋著部隊檢查員的印章。這是她和「法拉第先生」精心安排的一個情節。

「親愛的雷蒙，」她喃喃唸道，「真高興他終於到了埃及。看來部隊正在換防。當然，非常保密，他什麼也不能說。只是說，有個很了不起的計畫，很快就能聽到驚人的消息。知道他被派到哪兒，真讓人高興。但我真的不明白為什麼……」

布萊奇利哼了哼鼻子說：「恐怕上級不會允許他向你透露這些。」

陶品絲不無輕蔑地笑了起來，一邊疊她那封珍貴的信，一邊朝餐桌周圍看了一眼。

「哦，我們有自己的方法，」她說，故意做出一副淘氣、狡詐的樣子。「我的寶貝雷蒙很了解，只要讓我知道他的下落或者去向，我就不會太擔憂。其實做起來也很簡單。你知道，只是利用某個字後面的幾個單字字首拼出一個地名。這樣一來，這個句子聽起來或許很可笑，但是它讓我知道了兒子的下落。雷蒙的確足智多謀。我敢擔保，誰也不會注意到我們的祕密。」

餐桌四周響起一片嘰嘰嚓嚓的說話聲。時機選擇得很好，正好大夥兒都在。

布萊奇利臉脹得通紅，說：「請原諒我這麼說，班金索夫人，你們這樣做實在太愚蠢。陸軍和空軍部隊的行動正是德國人想探知的重要情報。」

「哦，可是我從來不告訴任何人，」陶品絲大聲說，「我非常、非常謹慎。」

「那也不可以！總有一天你兒子會惹出麻煩。」

「哦，我希望不會。你知道，我是他母親。母親本該知道兒子在哪兒。」

「我想你是對的，」奧羅克太太粗聲粗氣地說，「誰也休想從你嘴裡探聽到什麼祕密。這一點我們都知道。」

「信會被人看到。」布萊奇利說。

「我非常小心，我的信從來不會隨便亂扔。」陶品絲理直氣壯地說，「我總是把信鎖起來。」

布萊奇利搖了搖頭表示懷疑。

§

灰蒙蒙的早晨，寒風從海上吹來。陶品絲一個人在海灘盡頭慢慢走著。她從包包裡掏出兩封信。這兩封信是她剛從城裡的派報社那兒拿來的。這兩封信花了好長時間才寄到這兒。因為中間改寫了一次地址，第二次又寄給一位史彭德太太。陶品絲喜歡玩這種轉來寄去的遊戲。她的孩子們都認為她是在康沃爾郡，和一位年紀很大的姨婆住在一起。

她打開第一封信。

親愛的媽媽：

有好多可笑的事情想告訴你，可惜不能。我想，我們這兒熱鬧了好一陣子。早飯前來了五架德國飛機。起初亂了一會兒，可是很快地一切又恢復正常。

讓人怒不可遏的是，他們用機關槍掃射大路上的老百姓。我們都火冒三丈。格斯和特朗德斯要我代他們向你問好。他們依然很健康。

不要為我擔心。我一切都好。不會錯過這一場世紀大戲。向老爸致上深深的愛意。戰時辦公室給他工作了嗎？

你永遠的　德瑞克

陶品絲讀了一遍又一遍，一雙眼睛閃閃發光。

然後她打開第二封信。

親愛的媽媽：

格雷西姨婆怎麼樣了？她的身體還好嗎？你能在那兒住下去也真不容易，要我可不能。沒有什麼消息。我的工作真有趣，不過要保密，不能告訴你。我覺得我做的事情非常有價值。不要因為找不到和戰爭有關的工作而煩惱。想想那些上了年紀的女人東奔西跑想為戰爭做點什麼實在太傻了。他們只要年輕、能幹的人。不知道老爸在蘇格蘭的工作怎麼樣？我想，大概只是填填表格。不過，覺得自己在做點什麼，他一定也很高興。

深深的愛　黛博拉

陶品絲臉上露出了微笑。

她把信疊起來，滿懷深情地撫摸著，然後在防波堤的掩護之下劃了一根火柴，點著那兩封信，她等待著，直到化為灰燼。

她掏出鋼筆和一個小書寫本，飛快地寫了起來。

親愛的黛比：

這裡距離戰爭那麼遙遠，我幾乎無法相信世界正在打仗。收到你的信並且知道你的工作很有趣，非常高興。格雷西姨婆的身體愈來愈虛弱，而且經常神志恍惚。我想她很高興有我在這兒陪她。她總是談過去的事情，我想有時候她把我錯當成外婆了。他們種的蔬菜比往年都要多，把玫瑰園改成了馬鈴薯菜園。我也會幫幫老賽克的忙，覺得自己是在為戰爭盡力。你爸爸心裡總是很不滿意。不過我想，正如你說的那樣，能做點事情，他就很高興了。

深切的愛　媽媽陶品絲

（於康沃爾郡拉汶）

她又寫了一封信。

親愛的德瑞克：

看到你的來信，對我是極大的安慰。如果沒有時間寫信，寄張明信片就行了。

我和格雷西姨婆住了一段時間。她的身體很虛弱，有時候說到你，會把你當成七歲的孩子，昨天她給了我十先令，讓我給你當零用錢。

我還是被束之高閣，誰也不需要我這種毫無價值的人。真是不可理解！你爸爸在軍需部找到一份工作，這事我已經跟你說過。現在他去了北邊。這總比沒事做強，雖然不是他想做的事情，可憐的老爸。不過我想這很正常，我們這些老頭子、老太婆是該退居第二線，讓你們這些年輕的傻小子上前方打仗去。

我不會對你說「多多保重」，因為我知道嚴峻的形勢要你做的恰恰是與之相反的事。我只想說，不要過分魯莽。

深深的愛　陶品絲

她把信裝進信封，寫好地址，貼好郵票，在回聖守喜的路上寄了出去。

快走到山崖下面的時候，她注意到不遠處站著兩個人正在說話。

陶品絲大吃一驚，不禁停下腳步。原來是她昨天看見的那個女人和卡爾・馮戴尼。

可惜周圍沒有可以隱蔽的地方，她沒辦法偷偷接近，以便聽聽他們正在說什麼。

就在這時，那德國小子轉過頭，看見她，兩個人馬上分開。女人急匆匆向山下走去，她穿過馬路，走上陶品絲對面的人行道。

卡爾．馮戴尼站在那兒一直等到陶品絲走到面前。

他很嚴肅、很有禮貌地向她道了早安。

陶品絲馬上說：「剛才跟你說話的那個女人長得很特別，馮戴尼先生。」

「是的，中歐型的。她是波蘭人。」

「是嗎？是你的朋友？」

陶品絲的口氣很像格雷西姨媽年輕時問話的聲調。

「不是，」卡爾淡淡地說，「我以前從未見過這個女人。」

「是嗎？我還以為……」陶品絲故意拉長語氣。

「她只是向我打聽方向。我跟她說德語，因為她聽不太懂英語。」

「我明白了，她是在跟你問路。」

「她問我認不認識住在附近的一位戈特利布太太。我不認識。她說，也許她把那棟房子的名字搞錯了。」

「這樣啊。」陶品絲若有所思地說。

羅森斯坦先生。戈特利布太太。

她偷偷瞥了卡爾．馮戴尼一眼。他板著面孔在她身邊走著。

陶品絲覺得那個女人非常可疑。她幾乎可以肯定，她看見他們的時候，那個女人和卡爾已經談了一陣子話了。

卡爾．馮戴尼？

她又想起那天早晨卡爾和希拉在一起的情景。希拉說：「你一定要當心。」

陶品絲想：「但願……但願這些小傢伙沒有捲入這場陰謀！」

寬厚，她對自己說，人到中年越發善良寬厚！這就是她自己的真實寫照。納粹是個年輕的政治集團。納粹的間諜也許都很年輕。卡爾和希拉。湯米說希拉不可能。但湯米是個男人。希拉非常漂亮，是個能讓人神魂顛倒的美人兒。

卡爾和希拉。他們背後是那個神祕人物——佩倫娜太太。佩倫娜太太，有時候是長於辭令的旅館老闆娘，有時候，瞬息之間，又變成一位頗具悲劇色彩、充滿激情的人物。

陶品絲慢慢走上樓梯，回到臥室。

這天晚上，她上床睡覺前拉開了桌子抽屜。抽屜一邊放著一個漆盒，盒子上面有一把便宜低劣的小鎖。陶品絲戴上手套，打開那把小鎖，掀開盒子，裡面放著一束信。最上面那封是這天早晨才收到的「雷蒙」的來信。陶品絲小心翼翼地打開那封信。

她一下子抿緊了嘴唇。上午她放這封信的時候，故意在裡面夾了一根睫毛。現在，睫毛不翼而飛。

她連忙跑到盥洗池，拿起一小瓶「灰粉」。

陶品絲十分靈巧地在那封信和漆盒表面撒了點灰粉。

信紙和漆盒表面都沒留下指紋。

陶品絲滿意地點了點頭。
這上面應該有指紋……她自己的。
傭人出於好奇也許會偷看這些信。但可能性不大，因為很少人會找這種麻煩……專門去配一把能打開小鎖的鑰匙。
傭人也不會想到擦掉盒子上面留下的指紋。
那麼是佩倫娜太太？希拉？還是別人？反正一定是對英國軍隊部署很感興趣的人。

§

陶品絲的戰略計畫其實並不複雜。第一，評估間諜隱藏在聖守喜的可能性。第二，設計證明是否有聖守喜的房客對軍隊的行動感興趣，而且急於掩飾。第三，這個人是誰？
第二天早晨，陶品絲躺在床上正苦思第三個問題的時候，貝蒂．史派特蹦蹦跳跳地跑了進來，手裡端著一杯不太熱但黑乎乎的所謂「早茶」。
貝蒂不但好動而且愛說。她很喜歡陶品絲，還爬到她床上，把一本破破爛爛的圖畫本送到她面前，用命令的口吻說出：「杜。」
陶品絲順從地讀了起來。
「母鵝，公鵝，上哪兒閒逛？樓上，樓下，到我的閨房。」

貝蒂在床上打滾，快樂地叫喊：「樓上，樓上，樓上……」然後突然笑著喊了一聲「下……」，最後咚的一聲從床上滾到地板上。

她一直反覆玩了好幾次，直到終於玩膩了。然後她在地板上爬著玩陶品絲的鞋，嘴裡叨唸著只有她自己才能聽懂的話。

「啊戈嘟——呸——噓——舒——噗！」

陶品絲又開始想自己的心事，把小貝蒂忘到了腦後。那首歌不時在她耳邊回響，好像在嘲弄她一樣。

「母鵝，公鵝，上哪兒閒逛？」

是呀，應該上哪兒去「閒逛」？母鵝是她，公鵝是湯米。這就是他們。陶品絲打心底看不起班金索夫人。至於梅多斯先生，她想至少稍微好一點……一本正經，缺乏想像力，英國味十足，蠢得可以。她希望他們真的適合聖守喜的氣質，兩人都可以被認同。

總之，陶品絲告誡自己，絕不能粗心大意。馬失前蹄也是非常容易的事。那天，她就差點犯了錯。當然那還算不了什麼，不過足以提醒她要謹慎。她把自己假裝成不大會織毛衣的老太婆，以為這樣可以輕易與他人建立親密關係。但是她忘了有一天傍晚，她的手指突然忘我而熟練地編織起來，只見毛衣針發出均勻的喀喀聲，一望便知是舞針弄線的行家。而這一點，沒有逃過奧羅克太太的眼睛。從那以後，她一直小心翼翼地留下一個「中等水準」的印象。既不像剛開始那樣笨手笨腳，又不織得那麼靈巧熟練。

「啊—布—美？」貝蒂問，她又伊伊呀呀地問：「啊—布—美？」

「美，親愛的，」陶品絲心不在焉地說，「太美了。」

貝蒂滿意了，又一個人沒完沒了地咿咿呀呀起來。

陶品絲心裡想，下一步並不難，只要有湯米的幫助。她已經想出一個辦法……

她躺在床上計畫著，時間慢慢地流逝。突然史派特太太上氣不接下氣地闖了進來，她是來找貝蒂的。

「哦，她在這裡！我怎麼也想不出她上哪兒去了！哦，貝蒂，小淘氣！啊，天哪！班金索夫人，真對不起。」

陶品絲坐了起來。貝蒂正斜著小臉看她的「傑作」。

她把陶品絲的鞋帶都抽出來泡在刷牙杯子裡，而且用小手指十分快樂地撥弄著。

陶品絲笑了起來，打斷史派特太太的道歉。

「太好玩了！沒關係，史派特太太，很好處理的。是我的錯，我應該隨時注意她在幹什麼。她好安靜呢！」

「我知道，」史派特太太嘆了一口氣。「只要小孩子一聲不響，一定是壞兆頭。上午我就出去給你買幾根鞋帶，班金索夫人。」

「不用麻煩，」陶品絲說，「它們一會兒就乾了。」

史派特太太抱走貝蒂。陶品絲起床，開始實施她的計畫。

／06

湯米頗為謹慎地看著陶品絲推到他面前的那個小盒子。

「就是這玩意兒嗎？」

「是的。當心點，別弄到你身上。」

湯米小心翼翼地聞了聞那個小盒，興奮地說道：「是啊，真不能弄到身上。這是什麼可怕的東西？」

「阿魏[6]，」陶品絲說，「就像廣告上說的那樣，身上弄上一點，你就會納悶，為什麼男朋友不再呵護你了。」

「哦，我明白了。」湯米喃喃著說。

過沒多久，發生了一連串怪事。

第一件是，梅多斯先生的房間裡散發出一股怪味。

梅多斯先生性格溫和，起初他只是淡淡地提起這件事，可是後來反應愈來愈強烈。佩倫娜太太被召進這間「密室」。雖然她伶牙俐齒，但還是無法否認房間裡確實有一股難聞的氣味，一股說不出來的怪味。佩倫娜解釋說，也許是煤氣桶漏氣。

湯米彎下腰聞了聞，說氣味不是從那兒出來的。也不是從地板下面散發出來的。他認為可能是一隻死老鼠。

佩倫娜太太承認她聽說過這種事，但她敢擔保聖守喜沒有老鼠。也許會從哪兒跑來一隻，儘管她自己從來沒見過。

梅多斯先生一口咬定是死老鼠。他非常堅決地說，若找不出毛病，他再也不要住在這個房間。他要佩倫娜太太給他換個房間。

佩倫娜太太說，當然，她正想和他商量換個房間。不過，現在唯一剩下的那間空房很小，而且看不到大海。如果梅多斯先生不介意的話……

梅多斯先生並不介意。他唯一的希望是趕快從那怪味中逃脫。於是，佩倫娜太太陪他去看了那個挺小的臥室。這間屋子的門正好和班金索夫人的房門相對。佩倫娜太太找來那個罹患淋巴腺組織增生且有點傻乎乎的僕人貝翠斯，「把梅多斯先生的東西搬過來」。她還解釋

6 阿魏是一種藥用植物，樹汁可做鎮靜劑。

說，馬上找人翻開地板，找出怪味的根源。

這件事情總算圓滿解決。

§

第二件事情是梅多斯先生得了花粉病。這是他最初的說法。後來他不無懷疑地承認，可能只是感冒……總是打噴嚏、流眼淚。就算他那塊挺大的綢手帕上飄出淡淡的洋蔥味，誰也不會注意到。因為他在手帕上灑了不少古龍水，「掩蓋」了刺鼻的洋蔥味。

最後，梅多斯先生實在受不了沒完沒了的打噴嚏、擤鼻涕，只好臥床休息。

這天早晨，班金索夫人收到兒子道格拉斯的一封來信，高興得手舞足蹈，弄得聖守喜人盡皆知。她解釋說，這封信沒被檢查過。因為碰巧道格拉斯的一位朋友請假回家，信是他帶回來的，所以可以隨心所欲地寫。

「從這封信看，」班金索夫人像個先知先覺的哲人，搖晃著腦袋說，「我們對前線的真實情況了解得實在太少了。」

吃過早飯，班金索夫人上樓回到她的房間，把信放到漆盒裡，在摺疊起來的地方撒了一點點別人很難注意到的灰粉。鎖好盒子之後，又在盒子上面使勁按了幾個手指印。

離開房間時，她咳嗽了一聲，對面湯米的房間裡則傳出一陣非常響亮的噴嚏聲。

陶品絲臉上露出微笑，朝樓下走去。

她放話說打算去倫敦一天……見她的律師，處理一些事情，再買些東西。房客們非常熱情地歡送她，託她順帶辦些事情。「當然，如果你有時間的話。」

布萊奇利少校對女人這種婆婆媽媽不屑一顧。他一邊看報一邊大聲發表評論：「這些德國鬼子居然用機關槍掃射路上的難民。畜生！要是我來指揮……」

陶品絲沒留下來聽完如果由他指揮會出現什麼奇觀，只是徑直向門外走去。

她繞到花園，問貝蒂・史派特要她從倫敦帶什麼禮物回來。

貝蒂兩隻小手捧著一隻蝸牛玩得正高興。陶品絲問：「要一隻小貓咪、圖畫本，還是可以畫畫的彩色蠟筆？」

貝蒂想了想，說：「貝蒂畫。」

於是，陶品絲在小本上記下給貝蒂買幾支彩色蠟筆。

她走過花園盡頭的那條小路，轉上車道時，非常意外地碰到卡爾・馮戴尼。他雙拳緊握，靠一堵牆站著，看見陶品絲走過來，他轉過頭，平常總是冷漠的臉因為激動而抽搐著。

陶品絲在他面前不情願地停下，問道：「什麼事不對勁嗎？」

「啊……是啊！什麼事都不對勁！」他聲音沙啞，很不自然。「你們有句老話，非驢非馬，不倫不類。」

陶品絲點了點頭。

卡爾接著說：「這就是我。這種情況再也不能繼續下去了。不！最好趕快有個了結。」

「你在說什麼？」

年輕人說：「你對我一直非常友好，我想，你能理解我。我因為受到不公平的待遇和殘酷的迫害，逃離了自己的祖國，來這兒尋找自由。我痛恨納粹德國，但我還是德國人，沒有什麼能夠改變這一點。」

陶品絲喃喃說道：「你的處境的確很尷尬，我明白……」

「還不只是什麼處境的問題。我是德國人。我的感情、我的心靈依然屬於德國。因為德國是我的祖國。當我聽到德國的城市被轟炸，德國的士兵在死亡，德國的飛機被擊落，我心裡很難過。那是我們的人民在犧牲。所以那位咄咄逼人的少校一邊唸電報上的文章，一邊大罵『德國鬼子』、『畜生』的時候，我當然怒不可遏。哦……我無法忍受。」他又平靜下來說：「所以，我想，最好的辦法就是徹底結束這一切，一死了之。是的，一死了之。」

陶品絲緊緊抓住他的手。

「胡說，」她大聲說，「你這種痛苦的感覺當然無可非議，誰都會這樣。可是你一定要堅持下去。」

「真希望他們能拘留我，倘若那樣，我心裡會好受一些。」

「是的，也許你的心靈會安寧一點。可是你要記得，你正在從事非常重要、非常有意義的工作……這是我聽人家說的。不但對英國而且對全人類都非常有益。你在解決防毒和消除汙染的問題，對吧？」

他的臉上露出微微喜色。

「哦，是的。已經取得很大進展。我的方法運用起來非常簡便，一點兒也不複雜。」

「你看，」陶品絲說，「這不是很有意義嗎？任何能夠減輕人類痛苦的事都是有價值、有意義的……它是有建設性而不是破壞性的事情。我們詛咒自己的敵人，這是自然而然的。德國人也一樣。成百上千的布萊奇利少校在那兒唾沫四濺，大罵德國人。我自己也痛恨德國人。『德國鬼子』，我們會這樣說，並且打心底生出厭惡。但是，每當我想到某個渺小的德國人……焦急地盼望兒子消息的母親、告別親人去打仗的青年、正在秋收的農民、雜貨店的老闆，還有那麼多可愛的德國人，我知道，我心裡的感覺全然不同。我明白，他們和我們都是人。我們的感觸完全相同。這才是真正的感覺。另外那種感覺只是戰爭強加給我們的，那只是戰爭的一部分……也許是必要的一部分，不過是暫時的。」

說到這兒，就像不久前湯米那樣，她想起卡維爾護士的話：「愛國主義還不夠。我的心靈必須沒有仇恨。」

這位最忠貞的愛國主義者留下的格言，成了他們獻身精神的最高準則。

卡爾・馮戴尼拉起她的手吻了吻，說：「謝謝你。你的話很對。我一定要更堅強！」

「哦，天哪，」陶品絲一邊向城裡走，一邊想，「真不幸，我來這兒之後，最喜歡的人居然是個德國人。荒謬透頂了！」

§

陶品絲如果不是一個非常細緻周到的人，也就不成其陶品絲了。儘管她無意去倫敦，但她覺得還是去一趟為妙。如果她只是隨便找個地方磨蹭過這一天，萬一被什麼人看見，再傳到聖守喜，那一切就前功盡棄了。

不，班金索夫人說她要去倫敦，那就非去不可。

她買了一張三等車廂的來回票，正要離開售票室窗口，便碰到了希拉．佩倫娜。

「你好，」希拉說，「你去哪兒？寄給店裡的一個包裹搞丟了，我來查問一下。」

陶品絲說她要去倫敦辦事。

「哦，我想起來了，」希拉漫不經心地說，「記得你說過要去倫敦，只是沒想到是今天。我送你上火車吧。」

希拉比平常更加和藹可親，看起來既不是悶悶不樂，也不是牢騷滿腹。在去月台的路上，還和陶品絲說些聖守喜日常生活中發生的小事，直到火車離開車站前，她還在興致勃勃地聊著。

陶品絲伏在窗口向希拉招了招手。女孩的身影漸漸消失，她在座位上坐好，陷入沉思。

她暗問自己，和希拉在車站相逢是巧遇，還是敵人精心安排的結果？佩倫娜太太是不是特地派女兒來搞清楚饒舌的班金索夫人是不是真的去了倫敦？

後者的可能性極大。

§

陶品絲直到第二天才有機會和湯米單獨見面。他們早就約定好，絕對不能在聖守喜交換情報。

梅多斯先生的花粉病已經見好，此刻獨自一人在海濱散步。班金索夫人和他巧遇之後，兩人在一張供遊人休息的長椅上坐下。

「怎麼樣？」陶品絲問。

湯米慢慢地點了點頭，看起來悶悶不樂。

「哦，」他說，「摸到一些情況。可是，老天爺，這一天可把我折騰死了。我一直把眼睛貼在門縫上，看得脖子都直了。」

「別管你的脖子，」陶品絲不為所動地說，「告訴我你看到的情況。」

「僕人當然進過你的房間整理床鋪。佩倫娜太太也進去過一次。不過，她進去時兩個女僕都在。她是來發號施令的。那個小孩子跑進去一次，出來時抱著一個毛絨絨的玩具狗。」

「是，是，還有誰？」

「還有一個人。」湯米慢吞吞地說。

「誰？」

「卡爾・馮戴尼。」

「啊！」

陶品絲覺得一陣痛苦掠過。看來，他果然是……

「什麼時候？」她問道。

「吃午飯的時候。他早早就從餐廳出來，先回自己的房間，然後偷偷地穿過走廊溜進你的房間，待了大約十五分鐘。」

他停了一下。

「這就對上了，你說呢？」

陶品絲點了點頭。

是的，事情已經很清楚了。除了一種理由，卡爾・馮戴尼沒有任何必要溜到班金索夫人的臥室，而且待上十五分鐘。他無疑是某個陰謀集團的成員，這一點已經得到證實。陶品絲想，他真是個第一流的演員……

那天早晨他說的話聽起來那麼真誠。當然，從某種意義上講，他說的全是真話。知道什麼時候該說真話才是成功的祕訣。毫無疑問，卡爾・馮戴尼是個愛國主義者。他是一個效忠祖國的地下工作人員。這一點使他值得尊敬。可是正因如此，他們才必須消滅他。

「我很難過。」她慢慢地說。

「我也是，」湯米說，「他是個好孩子。」

陶品絲說：「你和我如果生在德國，也會從事同樣的工作。」

湯米點了點頭。陶品絲繼續說：「不管怎麼說，我們現在已經理出一個頭緒。卡爾・馮戴尼和希拉以及她的母親一起工作。也許佩倫娜太太是頭。還有那天和卡爾說話的那個外國女人，她也捲入了這場陰謀。」

「下一步該怎麼辦？」

「我們必須搜查佩倫娜太太的房間。也許能找到一些線索。還得跟蹤她，弄明白她經常到哪兒、和誰聯絡。湯米，我們得把艾柏調過來。」

湯米考慮陶品絲的建議。

許多年前，艾柏——一家旅館的電梯小弟——曾和年輕的貝里福夫婦一起經歷了種種風險。後來他一直在他們身邊服務，是個很好的幫手。六年前，他結了婚，現在是倫敦南區一家小酒館的老闆。

陶品絲繼續滔滔不絕地說：「艾柏一定高興得要命。我們把他叫來。他可以住在車站附近那家小旅館，以便替我們監視佩倫娜母女或其他人。」

「艾柏太太怎麼辦？」

「她上星期一就帶著孩子回到威爾斯的娘家去了，是為了躲避空襲。真是天公作美，這再合適不過了。」

「對，這是個好主意，陶品絲。我們兩人不管是誰去跟蹤這個女人都容易引起懷疑。艾柏就不同了。還有一件事，我想，我們應該監視那個和卡爾說話、總在這一帶晃蕩的波蘭女人。依我看，她也許是另外那頭派來的聯絡員，而這正是我們急於尋找的線索。」

「哦，是的。我完全同意你的看法。她是來這兒接收指令或者收取情報。下一次再看見她，我們一定要跟蹤她，把她的情況查個水落石出。」

「如何搜查佩倫娜太太的房間呢？還有，卡爾的房間是不是也該搜查一下？」

「我想，你不會在他的房間找到什麼。他是德國人，警察隨時可以搜查他的房間，所以他不會在那兒留下什麼可疑的證據。至於搜查佩倫娜太太的房間，恐怕也很難辦。她出去的時候，希拉總在房裡。小貝蒂和史派特太太也是進進出出，到處亂跑。還有奧羅克太太，總愛留在她的臥室。」她停了一下。「午飯時間最合適。」

「就是卡爾溜進你房間的那個時間？」

「正是。我可以假裝頭痛，提前回去我的房間。不，倘若那樣，或許有人會跟上來照顧我……哦，我明白應該怎麼辦了。我就先偷偷進去她房間，再悄悄地溜回我的房間。午飯之後再跟人說我頭痛。」

「是不是由我出馬更好？我的花粉病明天可以再犯。」

「我想還是我比較合適。萬一被她們撞上，我可以說是在找阿斯匹靈或別的藥。佩倫娜太太的房間突然跑出一個男房客，更容易引起別人的懷疑。」

湯米咧著嘴笑了笑。

「有一種桃色醜聞的性質。」然後他收起笑容，沉重而急切地說，「一定要盡快做這件事，老婆。今天的戰況不好。我們必須趕快行動。」

§

湯米繼續散步，過了一會兒走進郵局給格蘭特先生打了一通電話，報告「最近的行動很成功，我們的朋友C顯然已經捲入陰謀活動」。

然後他寫了一封信，寄給肯辛頓格拉摩根街「鴨子和狗」酒館的艾柏・巴特先生。

他買了一份宣稱專曝內幕的英文週報，然後若無其事地向聖守喜慢慢走去。

不一會兒，海多克隊長從他那輛雙座汽車裡探出頭來，喊道：「喂，梅多斯，要搭我的車嗎？」

湯米接受了他的邀請，爬上那輛汽車。

「你也看這玩意兒？」海多克瞥了一眼《內幕週報》的大紅封面，不無輕蔑地問道。

梅多斯先生露出它的讀者遇到「挑戰」時都會表現出來的忸怩和不安。

「這報紙是不怎麼樣，」他表示同意。「不過，有時候，他們似乎真的知道一些內幕。」

「但有時候也漏洞百出。」

「這倒是！」

「實際情況是，」海多克隊長轉了一下方向盤，汽車搖搖晃晃繞過安全島，差點撞上一輛大卡車。「人們只記得它說對的地方，說錯的地方全都忘到九霄雲外。」

「你認為，說史達林和我們接觸的傳言是真是假？」

「異想天開，老兄，純粹是異想天開，」海多克隊長說，「俄國佬狡猾得很，一向如此。別信他們那一套。聽說你最近身體不適？」

「只是花粉病。我每年這個季節都要犯一次。」

「是嗎？我從來沒受過這種罪。但我有個朋友就有這毛病，一到六月就臥床不起。恢復得怎麼樣？打打高爾夫球還可以嗎？」

湯米說，那是他求之不得的事。

「好的。明天怎麼樣？今天我有個會議必須參加，關於射擊入侵傘兵的事。把本地的自願者組織起來，成立一個射擊隊。這可是一個絕妙的好主意。現在是我們奉獻出力量的時候了。那麼，明天六點怎麼樣？」

「非常感謝。我當然願意。」

「好，就這麼說定了。」

隊長猛地把車開到聖守喜門口。

「漂亮希拉怎麼樣了？」他問道。

「我想，很不錯。但最近不怎麼見到她。」

海多克哈哈大笑起來。

「我敢打賭，不像你以為的那麼好。她長得挺漂亮，但很無禮。她和那個德國小子走太近了。要我說，簡直是他媽的賣國主義者。像你我這種老頭子當然不中用了。可是好小子多得是，為什麼非要和一個該死的德國佬搞在一起？這種事真讓我生氣。」

梅多斯先生說：「小聲點，他就在我們後面呢！」

「聽見也沒關係！我還巴不得他聽見呢。我正想踢這位卡爾先生一腳呢！凡是高尚的德國人都在為自己的祖國戰鬥，才不會溜到這兒避難。」

「哦，」湯米說，「這起碼少了一個德國人來侵略英格蘭。」

「你是說，因為他人在這兒？哈哈！很好，梅多斯！我壓根就不相信這種胡說八道。我們從來不曾被別人侵略，以後也永遠不會。我們有強大的海軍，感謝上帝！」

隊長滿懷愛國主義激情，踩了一下離合器，汽車猛地向山上的「走私天堂」衝去。

§

陶品絲一點四十分回到聖守喜。她離開車道走進花園，然後從大敞著的客廳窗戶跳了進去。遠遠飄來一股愛爾蘭燴菜的味道、杯盤碗盞相互碰撞的聲音，以及人們嗡嗡的說話聲。

聖守喜正在午餐時間。

陶品絲站在客廳門口，等女僕瑪莎穿過走廊走進餐廳，她便脫了鞋快步跑到樓上。她先回臥室，穿上軟底拖鞋，再悄悄地溜進佩倫娜太太的房間。

走進那個房間，朝四周瞥了一眼，她就覺得心裡很不是滋味。這可真不是個好差事。如果佩倫娜太太只是佩倫娜太太而不是什麼間諜，她此時此刻的行為——刺探別人的私事——便是不可原諒。

陶品絲像一條不耐煩的獵犬，抖擻了一下精神，她不由得想起自己少女時代的往事。她安慰自己，這是戰爭時期！

她走到梳妝台前。

她的行動非常敏捷，很快就把抽屜裡的東西翻了一遍。那個高高的五斗櫃有個抽屜鎖著，那裡面很可能藏著什麼祕密。

湯米有一套撬鎖工具，而且熟練地掌握了其中的奧妙。他又把這套本領教給了陶品絲。她的手腕非常敏捷地扭動了兩下，便打開了那個抽屜。

抽屜裡有一個放現金的盒子，裡面有二十英鎊紙幣、幾串銀幣、一個首飾盒，還有一堆文件。這自然是陶品絲最感興趣的東西。她飛快地翻了一遍。當然只能一目十行地瞥上幾眼，絕對沒有時間細看。

那些文件有聖守喜的抵押契據、銀行來往的帳目，還有幾封信。時間過得飛快。陶品絲緊張地翻看著，希望能夠找到一些另有含義的東西。兩封信來自一位義大利的朋友，東拉西扯，看起來沒什麼可疑。但是，也可能不像表面上那麼簡單。一封是倫敦一個叫西蒙·莫蒂默的人寄來的。這封信硬邦邦的，完全是公事公辦的腔調，陶品絲納悶有什麼保存的必要。這位莫蒂默先生的信，也許並不像表面上那麼單純？這堆信最下面的一封，字跡已經褪色，署名是帕特，開頭是：「這將是我寫給你的最後一封信，艾琳，我親愛的……」

不，不會是這種信！陶品絲沒興趣讀這種情意纏綿的情書！她把信疊好，照原樣放到那幾封信下面。這時突然聽見外面有響聲，連忙把抽屜推進去，還沒來得及鎖好，佩倫娜太太已經推開門，走了進來。她假裝從盥洗盆上的小瓶子裡找什麼東西。

陶品絲……班金索夫人轉過一張有點慌亂的臉，傻乎乎地看著女房東。

「哦，佩倫娜太太，請原諒。我頭疼得厲害，想吃幾片阿斯匹靈再休息一會兒，可是我的藥怎麼也找不著，就想來你這兒拿幾片。因為我記得那天你給過明頓小姐幾片。」

佩倫娜太太一陣風似的走進她的房間，不高興地說：「當然可以，班金索夫人，可是你為什麼不先問問我？」

「哦……我本想問你，可是我知道，你們正在吃飯。我不想驚動大家，搞得你們都吃不好飯。」

佩倫娜太太從陶品絲身邊走過，從盥洗盆上面拿起一個小瓶子。

「你要幾片？」她沒好氣地問。

班金索夫人要了三片，並在佩倫娜太太的「押送」之下回到自己房間，她趕緊提出要服務員送個熱水瓶來。

佩倫娜太太離開時，用犀利的目光掃視了一下班金索夫人的房間。

「可是你有阿斯匹靈呀，班金索夫人！我已經看見了。」

陶品絲連忙說：「啊，我知道。我知道還有，可是剛才怎麼也想不起來放哪兒。」

佩倫娜太太漂亮的白牙一閃，說：「好了，喝下午茶以前好好休息吧。」

她走了，隨手關上房門。陶品絲深深地吸了一口氣，在床上直挺挺地躺下，生怕佩倫娜太太再來個突襲。

她是不是已經起了疑心？那一嘴牙，我的天！又白又亮，簡直能把你一口咬死。還有她那雙手，似乎也格外碩大，讓人看了害怕。

佩倫娜太太對於陶品絲私自闖進自己的臥室似乎沒有起什麼疑心。但她以後還是會發現五斗櫃的抽屜沒上鎖，那時候她會懷疑班金索夫人嗎？或者以為是自己一時疏忽，忘了上鎖？這種事經常發生。她及時放好了那堆文件，沒有留下破綻嗎？即使佩倫娜太太發現丟了什麼東西，也會懷疑是僕人。如果她真的懷疑班金索夫人，會不會認為只是不正當的好奇心驅使她刺探別人的隱私？陶品絲知道，有的人專門愛窺探別人的祕密。

然而，如果佩倫娜太太真是那個臭名昭著的德國女間諜M，她一定會從「反間諜」的角度去看待這件事。

她剛才的舉止有沒有表現出某種警覺？

她看起來很自然，只是就阿斯匹靈的事表現出不滿。

陶品絲突然坐了起來。她想起她打開行李時，早把阿斯匹靈、碘酒和一瓶小蘇打一起放到寫字檯後面去了。

如此看來，不只是她溜進別人的房間搜尋祕密……佩倫娜太太已經捷足先登了。

07

第二天，史派特太太到倫敦去了。

她剛表示想找人照看一下小貝蒂，聖守喜的房客們便立即聲援，紛紛響應。

史派特太太千叮嚀萬囑咐，要貝蒂做個乖孩子，然後便走了。陶品絲的任務是上午照顧貝蒂。小娃娃對她很依戀。

「玩，」貝蒂說，「玩捉迷藏。」

她的口齒愈來愈清晰，而且養成歪著小腦袋凝視對方的習慣，說話時臉上總是掛著迷人的微笑。

陶品絲本想帶她出去散步，可是雨下得很大，兩人只好待在臥室。貝蒂把她拉到五斗櫃前，拉開最下面一層的抽屜，裡面都是她的玩具。

「玩捉迷藏好嗎？」陶品絲問。

小貝蒂已經改變了主意。

「給我講故事。」

陶品絲從櫥櫃那頭拿出一本很破的書，貝蒂看了尖叫起來。

「不，不！髒……不好……」

陶品絲驚訝地望著她，又看了看手裡那本書。那是一本彩色的《小傑克．霍納》。

「傑克是個壞孩子嗎？」她問道，「因為他淨挑葡萄乾吃？」

貝蒂還在搖頭晃腦地說：「不……好！」她吃力地說，「髒……髒！」

她從陶品絲手裡拿過那本書放回到櫥櫃裡，指了指櫃子另一頭，臉上露出可愛的微笑。

「乾淨的，好傑克！」

陶品絲看到原本髒的和已經撕爛的書竟換了一本新的、乾淨的版本，覺得挺好玩。史派特太太屬於那種非常講究衛生的母親，總是害怕細菌和不潔的食物，生怕孩子吮著玩具玩。

陶品絲自己是在一種無拘無束的寬鬆環境中長大，對那種過分講究衛生的習慣很不以為然，她的兩個孩子也都是在所謂「不乾不淨，吃了沒病」的原則下帶大的。不過她還是按照小貝蒂的意願，取出那本乾淨的《小傑克．霍納》，給小貝蒂讀了起來，還不時加幾句自己的發揮。貝蒂喃喃著說：「那是傑克……葡萄乾！……在派裡！」她的小手指指著畫面上的東西，看完一本又從書堆裡挑出第二本。於是她們看了《母鵝，母鵝，公鵝》和《生活在海岸邊的老婦人》。然後貝蒂把書藏起來，讓陶品絲找。陶品絲故意裝出找不著的樣子，小貝蒂高興得哈哈大笑。一上午很快就過去了。

午飯後，貝蒂照例睡午覺。奧羅克太太邀請陶品絲到她的房間裡去。

奧羅克太太的房間非常凌亂，散發著一股濃烈的薄荷味和放久了的蛋糕味，還有一股淡淡的樟腦丸味。桌子上擺滿了奧羅克太太的兒女、孫兒孫女、侄兒、外甥的照片。陶品絲覺得自己彷彿在看一齣維多利亞時代晚期的寫實劇。

「這會讓你覺得和孩子們在一起，班金索夫人。」奧羅克太太真誠地說。

「哦，是呀，」陶品絲說，「我自己那兩個……」

奧羅克太太立刻插嘴道：「兩個？你不是有三個兒子嗎？」

「當然是三個，但是其中兩個年齡相差不大，我是想起和他們一起度過的那些日子。」

「啊，我明白了。請坐，班金索夫人，隨便坐。」

陶品絲坐了下來。希望奧羅克太太別總讓她覺得很不自在。此刻，她真有一種接受巫婆邀請的感覺。

「告訴我，」奧羅克太太說，「你覺得聖守喜怎麼樣？」

陶品絲滔滔不絕地讚美起來，奧羅克太太很不客氣地打斷她的話。

「我是問，你不覺得這兒有點古怪嗎？」

「古怪？沒有，我沒有這種感覺。」

「你不覺得佩倫娜太太古怪？你得承認，你對她很感興趣。我看見你總是在凝視她、觀察她。」

陶品絲臉紅了一下。

「她……她是個挺有趣的女人。」

「談不上有趣，」奧羅克太太說，「她是個非常普通的女人。我是說，從表面上看。但也許她並不簡單。這是不是你的想法？」

「我不知道你這話是什麼意思，奧羅克太太。」

「你難道沒有想過，我們當中許多人可能表裡不一嗎？就拿梅多斯先生來說吧，他也是個讓人納悶的人。有時候我覺得他是個典型的英國人，蠢到了極點。可是有時候，我可以捕捉到他的一個眼神或一句話，讓你覺得他一點都不蠢。你難道不覺得這很古怪嗎？」

陶品絲堅定地說：「我認為梅多斯先生是非常典型的英國人。」

「還有別人。也許你知道我指的是誰。」

陶品絲搖了搖頭。

「這個人的名字，」奧羅克太太啟發她。「以S開頭。」

她點了好幾下頭。

陶品絲的心裡突然升起一股怒火，彷彿覺得自己有義務、有責任保護那些年輕、脆弱、易受攻擊的人。她生氣地說：「希拉只是喜歡反抗。這個年紀的人都是這樣。」

奧羅克太太又點了幾下腦袋。她那副樣子，讓陶品絲想起格雷西姨媽家壁爐台上那個胖乎乎的搖頭瓷娃娃。她嘴角掛著一絲微笑，輕聲說：「你也許不知道，明頓小姐的教名是索菲雅。」

「哦，」陶品絲吃了一驚。「那你是指明頓小姐囉？」

「不是。」奧羅克太太說。

陶品絲轉過臉望向窗外。她覺得非常奇怪，這個老太太總能讓人心神不定、甚至害怕。「就像貓掌中的一隻老鼠，」陶品絲心裡想，「這就是我內在的感覺……」老太太彷彿一座小山，嘴角掛著一絲微笑坐在那兒喵喵喵叫著。她舉起爪子玩弄著掌中之物，不讓牠跑掉。

「胡思亂想……純粹胡思亂想！這些全是我自己想像出來的。」陶品絲心裡想，凝望著窗外的花園。雨已經停了。只有雨點從樹葉上落下的輕微響聲。

陶品絲想：「並不全是胡思亂想。我不是那種喜歡想入非非的人。的確有某種東西，某種邪惡的東西。只是還沒看清楚……」

她的思想突然完全中斷。

花園那頭的矮樹叢裡露出一張臉，正鬼鬼祟祟地盯著這棟房子看。是那天站在路邊和卡爾．馮戴尼說話的那個外國女人。

萬籟俱寂，那個女人目不轉睛。陶品絲覺得那好像不是一個真實的人。她直直望著聖守喜的窗戶，沒有任何表情，但分明有一種威懾的力量。靜止不動，毫不寬容，代表一種精神、一種力道，和聖守喜以及英國旅館生活的陳腐、乏味格格不入。「看起來，」陶品絲想，「雅億[7]也是這樣等待著，終於將釘子釘進西西拉[8]的腦袋，把他殺死。」

這個想法在陶品絲腦子裡一閃而過。她連忙把腦袋從窗戶那邊轉過來，和奧羅克太太喃喃了幾句什麼，便飛也似地向樓下跑去，一直跑出前門。

她向右拐了一個彎，沿著花園和小路跑到樹叢跟前，那個人早已消失得無影無蹤。陶品絲找遍了那些灌木叢，又跑到大路上，前前後後，山上山下地張望，連個人影也沒有。那個女人上哪兒去了？

陶品絲非常惱火，只好轉身回到聖守喜的庭院。這一切是不是都是她想像出來的？不，絕不是。那個女人剛才明明在那兒。

她又非常執拗地到花園裡搜尋了一遍，弄得渾身上下溼淋淋的，但還是沒發現那個怪女人的蹤跡。她又回到那棟房子，心裡有種不祥的預感，一種無法言喻的恐懼……什麼事要發生了。

她沒有去猜測到底會發生什麼事，也永遠猜不到。

7 雅億是《聖經》中殺死來帳篷中避難的西西拉的希伯來婦人。

8 西西拉是《聖經》中反對以色列人的迦南將領，後來遭雅億所殺。

§

天晴了，明頓小姐給貝蒂穿好衣服要帶她到城裡買一隻塑膠鴨子，好讓她放在浴盆裡划水玩。

貝蒂非常高興，又蹦又跳，好不容易才給她穿好羊毛外套。兩人上路之後，貝蒂一直說個不停。「買鴨子，買鴨子。貝蒂給它洗澡，貝蒂給它洗澡。」她不住嘴地唸著這些「重要大事」，心情快樂無比。

前廳的大理石桌面上扔著兩根火柴，這告訴陶品絲，梅多斯先生——湯米——下午跟蹤佩倫娜太太去了。陶品絲走進客廳，只有凱利先生和凱利太太。

凱利先生煩躁不安。他說他去一趟利漢普敦，完全是為了安安靜靜地休息一會兒。在這兒能有什麼安靜！莫名其妙跑出一個小孩子，一天到晚又喊又叫、跑來跑去，還在地板上使勁地跳。

他的妻子非常溫和地說，貝蒂是個十分可愛的孩子。但凱利先生一點兒也不買她的帳。

「是，是，」凱利先生扭動著脖子說，「但她的母親應該讓她保持安靜。總要考慮一下別人吧。這裡還住著別人，精神需要放鬆、休息的人。」

陶品絲說：「要這麼小的孩子保持安靜可不是件容易的事。如果那樣就不正常了。小孩如果一聲不吭，一定是哪兒出了毛病。」

凱利先生生氣地說：「胡扯，胡扯！都是愚蠢的現代觀念，什麼讓孩子自由發展，想幹什麼就幹什麼。小孩應該老老實實坐在那兒，哄玩具娃娃玩，或者看書什麼的。」

「她還不到三歲呢，」陶品絲笑著說，「你不能指望她讀書啊！」

「不管怎麼說，總得用點方法。我要去找佩倫娜太太說這件事。今天早上，那孩子不到七點就在她床上唱啊唱啊。我一夜沒睡，天亮前剛打了個盹就被她吵醒了。」

「凱利先生一定要睡足了覺。這一點對他很重要。」凱利太太焦急地說，「是醫生說的。」

「你應該去療養院。」陶品絲說。

「親愛的女士，那種地方價錢太貴，而且氣氛也不好。潛意識裡總讓人想到疾病。」

「醫生說良好的社會環境，」凱利太太解釋道，「平平常常的生活，對他的身體才有好處。他說旅館要比備有家具的出租房子好得多。這樣凱利先生才不至於總坐在那兒一個人沉思默想，他可以和別人交流一下想法。」

就陶品絲的觀察，凱利先生的所謂「交流想法」，不過是向別人訴說他的疾病和種種症狀，以期得到人家的同情。

陶品絲非常巧妙地改變了話題。

「我希望你們能給我講一講對德國的觀感，」她說，「你們跟我說過，最近幾年曾經多次到那兒旅遊。能聽聽像你們這樣周遊世界的人講講親身感受，一定很有趣。看得出你是那種不會被偏見所囿的人，能說出那裡的真實情況。」

在陶品絲看來，對於一個喜歡人家露骨吹捧的人，奉承是最好的誘餌。凱利先生果然立刻上鉤。

「如你所說，親愛的夫人，我始終都能保持清醒的頭腦，不受任何偏見的影響。照我的意見……」

接下去便是凱利先生的長篇獨白。陶品絲偶爾插一句「挺有意思」，或者「你真是個敏銳的觀察家」。她非常注意地聽著，這一點倒不是裝出來的。凱利先生被「聽眾」的同理心與熱情所鼓舞，顯得有點忘形，竟表現出自己是納粹制度堅定的讚賞者。雖然他沒有說得很明白，但他暗示英國和德國應該結成同盟，共同對抗歐洲其他國家。

明頓小姐和貝蒂——她已經買好了塑膠小鴨——打斷了凱利先生進行了將近兩個小時的獨白。陶品絲抬起頭，看見凱利太太臉上有一種古怪的表情。很難說清楚那是什麼樣的表情。也許是因為另外一個女人分享了丈夫的專注，也許是驚訝凱利先生竟毫不隱晦地表述自己的政治觀點。總而言之，那是一種不滿和惱怒。

接下去是下午茶時間。緊接著，史派特太太從倫敦乘興而歸。她一進門就大聲說：「但願貝蒂沒有淘氣。你是不是個乖孩子，貝蒂？」

貝蒂的回答非常簡潔：「媽的！」

不過人們並未把這句粗話看作是對媽媽歸來的不悅，只當成她想吃芝麻蛋糕。

奧羅克太太發出咯咯咯的低沉笑聲。

「哎喲，貝蒂，寶貝。」史派特太太責備道。

史派特太太坐下後，喝了幾杯茶，津津有味地談起她到倫敦的見聞……火車上有多麼擁擠，一位剛從法國回來的士兵給車廂裡的人講了什麼，襪子櫃檯的小姐告訴她，絲襪很快就要供不應求。

事實上，這種談話極其平常。他們又在外面陽台上談了一會兒。因為陽光明媚，陰雨天氣已經成為過去。

貝蒂快樂地跑來跑去，到灌木叢裡探寶，一會兒拿回幾片桂樹葉，一會兒拿回幾塊圓溜溜的小石子，放在大人們的膝蓋上，就它們的「象徵意義」做一番含糊不清且混亂的解釋。所幸她並不要求別人和她合作，只要不時說上一句：「多漂亮呀，寶貝！」她就心滿意足了。

聖守喜很少有這樣溫馨的傍晚。人們蜚短流長，閒聊八卦，議論戰情。法國會重整旗鼓嗎？魏剛將軍能收拾殘局嗎？俄國會怎麼辦呢？如果希特勒侵略英國能得逞嗎？巴黎會不會淪陷？是真的嗎？聽說……謠傳……

人們興致勃勃地把政治和軍事醜聞傳過來傳過去。

陶品絲心裡想，饒舌會不會帶來什麼危險？胡扯，那彷彿一個安全閥。人們喜歡傳播謠言，刺激他們心中的焦慮不安。於是她也貢獻出一點「祕聞」，並且冠之以「我兒子告訴我……當然非常保密……你們知道……」。

突然史派特太太看了看手錶，跳了起來。

「我的天，都快七點了。早就該送孩子上床睡覺了。貝蒂……貝蒂！」

貝蒂已經好半天沒到陽台上來了，不過誰也沒注意。

史派特太太愈來愈不耐煩了，大聲喊道：「貝蒂……這孩子上哪兒去了？」

奧羅克太太悶悶地笑著說：「又淘氣去了，毫無疑問。這屋子裡要是能有一會兒安靜，準是她在其他地方惡作劇。」

「貝蒂，我在喊你！」

沒人回答，史派特太太不耐煩地站起來。

「看來，我得出去找找她。奇怪，她上哪兒去了呢？」

明頓小姐說，也許她藏到哪裡去了。陶品絲想起自己小時候的惡作劇，提出一個想法：會不會藏在廚房裡？可是裡裡外外都沒有貝蒂的蹤影。大夥兒又跑到花園，喊了半天還是沒找著。

史派特太太開始著急了。

「這孩子太淘氣了，實在是太淘氣了！你們說她會不會跑到大路上呢？」

她和陶品絲跑到大門外面，從山上看到山下，又從山下看到山上，大路上空空蕩蕩，只有一個推著自行車的小夥子和一個女孩站在對面聖路西安門前聊天。

按照陶品絲的建議，她和史派特太太穿過馬路，史派特太太問他們看沒看見一個小女孩。兩個人都搖了搖頭，後來男孩好像突然想起什麼，問道：「是不是一個穿綠方格裙子的小娃娃？」

史派特太太急切地說：「是的！」

「我大約半小時前見過她……她和一個女人一起朝那邊走了。」

史派特太太驚訝地說：「和一個女人？什麼樣的女人？」

那個女孩看起來有點侷促不安。

「那個女人看起來挺怪的。是個外國人。衣服很特別，沒戴帽子，圍一條頭巾，那張臉也與眾不同……很古怪。最近我見過她一兩次，說實話，我覺得她有點智障，如果你們明白我的意思。」

陶品絲一下子想起下午灌木叢中那張臉和當時掠過心頭的不祥預感。

但是她當時絕對想不到，那個女人會和貝蒂有關……現在也想不透。

她沒有時間仔細考慮這件事，因為史派特太太差點癱在她懷裡。

「啊，貝蒂！我的小寶貝。她被人拐跑了。那個女人長什麼樣子？是不是吉普賽人？」

陶品絲使勁搖了搖頭。

「不，不是。她長得很漂亮，臉很大，顴骨有點高，一雙藍眼睛距離稍遠。」

她看見史派特太太直盯著她，連忙解釋道：「今天下午我見過這個女人。她躲在花園的灌木叢裡朝樓上看。我還看見她在附近晃蕩過，有一天，卡爾．馮戴尼和她說過話。一定是那個女人。」

那個女孩插嘴道：「沒錯。她長著金黃色的頭髮。有點癡呆。你要是和她說話，多少還能聽懂一點。」

「哦，天呀！」史派特太太呻吟著說，「我該怎麼辦？」

陶品絲伸出一隻手摟住她的腰。

「走，回旅館，喝點白蘭地，然後給警察局打電話。沒關係，一定能把她找回來。」

史派特太太只好順從地跟著她，神情恍惚地喃喃道：「我無法想像貝蒂跟一個陌生女人在一起會如何！」

「她還很小，」陶品絲說，「還不知道害怕。」

史派特太太有氣無力地說：「我想，一定是個可恨的德國女人。她會殺死貝蒂。」

「胡扯，」陶品絲有點粗魯地說，「不會出什麼問題。我想，這個女人大概神經不太正常。」

其實連她自己也不相信這種話。她並不認為那個金髮女人有什麼精神病。

卡爾！卡爾知道這件事嗎？卡爾和貝蒂的失蹤有沒有關係？

可是幾分鐘以後，她就否認了這種猜測。

卡爾．馮戴尼和別人一樣大吃一驚，覺得簡直難以置信。

布萊奇利少校得知這件事情以後，做出一副沉著鎮靜、力圖控制混亂局面的樣子。

「好了，親愛的太太，」他對史派特太太說，「先坐下，喝點白蘭地……不會傷你的身體。一會兒我就去警察局。」

史派特太太喃喃說著：「等一下……也許她們留下什麼線索……」

她匆匆忙忙跑到樓上她和貝蒂的房間。

一兩分鐘後，人們聽見樓梯上傳來一陣急促的腳步聲。史派特太太發瘋似地衝進客廳，緊緊抓住布萊奇利少校剛剛拿起話筒還沒來得及撥號的手。

「別，別，」她氣喘吁吁地說，「不能……絕不能……」

她抽泣著，跌坐在一張椅子裡。

大夥兒把她團團圍住。過了一會兒她鎮靜下來，凱利太太扶她坐起。她拿出一樣東西讓大家看。

「這是在我房間的地板上發現的。裡面包著一塊小石子，是從窗戶外面扔進來的。快看看上面寫了些什麼。」

湯米從她手裡接過那團紙，輕輕打開。

是一張紙條，上面的字顯然出自外國人之手，字寫得挺大，剛勁有力。

你的孩子在我們手裡平平安安。適當的時候我們將告訴你怎麼辦。如果你敢報警，這個孩子就沒命了。什麼也不要說，等待命令。否則……

下面畫了一個骷髏頭和兩根交叉的骨頭。史派特太太呻吟著：「貝蒂，貝蒂……」

人們立刻七嘴八舌議論起來。奧羅克太太說：「這些殺人不見血的流氓！」希拉．佩倫娜說：「畜生！」凱利先生說：「荒唐！荒唐！我一個字也不信。一定是什麼人惡作劇。」明頓小姐說：「哦，可憐的小貝蒂！」

「真他媽的胡扯。威脅？我們必須馬上向警察局報案。他們馬上就能弄個水落石出。」

他又向電話走過去。史派特太太──一個備受折磨的母親──尖叫著。

他大聲說：「可是太太，非這樣做不可。對方的伎倆並不高明，他們只是不想讓你報警把他們查出來罷了。」

「他們會殺死她的。」

「胡扯！他們不敢。」

「我不同意報警。我是她的母親，只有我才有權利決定應該怎樣辦。」

「我明白，我明白。他們正是要利用你這種感情，這很自然。但是你一定要聽從我……一個老兵，一個飽經滄桑的人的勸告。我們現在最需要的是警察。」

「不！」

布萊奇利瞪大一雙眼睛尋找支持者。

「梅多斯，你同意我的看法嗎？」

湯米慢慢地點了點頭。

「還有凱利？瞧，史派特太太，梅多斯和凱利都同意我的意見。」

史派特太太突然聲嘶力竭地喊著：「男人！你們都是男人！問問女人們！」

湯米在人群中搜尋陶品絲。陶品絲用顫抖的聲音輕聲說：「我……我同意史派特太太的意見。」

她在想：「黛博拉！德瑞克！如果他們兩個被人拐走，我也會像她一樣。湯米和那些人的意見當然是正確的，對於這一點，我並不懷疑。但如果我的孩子丟了，我還是不敢去報警，不敢冒這個險。」

奧羅克太太說：「世上沒有一個當媽的敢冒這種險。」

凱利太太語無倫次了。

「我不認為，你知道，這個……啊……」

明頓小姐顫顫巍巍地說：「這種可怕的事情並不是沒發生過。如果它發生在可愛的小貝蒂身上，我們永遠不會原諒自己。」

陶品絲生氣地說：「你還沒發表意見呢，馮戴尼先生！」

卡爾一雙藍眼睛格外明亮。他板著臉，一字一頓地說：「我是個外國人，不了解你們英國警察，不知道他們能力有多強、行動有多快。」

有人走進前廳，是佩倫娜太太。她臉脹得通紅，顯然是急匆匆爬上山的。她說：「這是怎麼回事？」她用一種傲慢的命令口氣問，不像一位殷勤的旅館老闆，反倒像是一個有權有勢的人。

大家七嘴八舌講了起來，雖然沒有條理，她還是很快就明白了事情的原委。現在既然大家都向她通報了情況，一切似乎就該由她來裁決。她是最高法院。她看了一下那張潦潦草草的紙條，然後還給史派特太太。她言語犀利，頗具權威性。

「警察？他們有什麼用？只能添麻煩。不能把賭注押在他們身上。你們應該拿起武器，自己去找孩子。」

布萊奇利聳了聳肩，說：「很好。如果不去叫警察，只能這麼做了。」

湯米說：「他們還來不及採取什麼行動。」

「那個女孩說，是半個小時前發生的事。」陶品絲插嘴說。

「海多克！」布萊奇利說。「海多克能幫我們的忙，他有車。你說那個女人長得與眾不同？是個外國人？她總會留下什麼線索讓我們追查。走吧，沒時間浪費了。你要一起來嗎，梅多斯？」

史派特太太站了起來。

「我也去。」

「啊，親愛的太太，這件事就交給我們辦吧。」

「我也去。」陶品絲說。

「那麼……好吧。」

他只好讓步。嘴裡叨叨唸著女人比男人還頑固什麼的。

§

令人讚嘆的，海多克隊長以海軍戰士的敏捷開出汽車。湯米坐在他的旁邊，後面是布萊奇利、史派特太太和陶品絲。陶品絲之所以親自出馬，不僅僅因為史派特太太覺得她可以依靠；還因為除了卡爾·馮戴尼，只有她見過那個拐騙貝蒂的女人。

隊長是個相當好的組織者，做起事情乾淨俐落，轉眼之間，便給汽車加好油，攤開一張地區地圖和一張更大一點的利漢普敦地圖；讓布萊奇利看看後，便準備出發。

出發前，史派特太太又跑到樓上她的房間。大夥兒都以為她去取外套，可是等她鑽進汽車，海多克隊長一踩油門向山下駛去的時候，她讓陶品絲看了一下包裹裡的東西。原來是一把小手槍。

她不動神色地說：「我是從布萊奇利少校的房間裡拿的。我想起，他曾經說過他有一把手槍。」

陶品絲有點疑惑地望著她。

「難道你認為……」

史派特太太咬牙切齒地說：「也許用得著。」

陶品絲坐在那兒，驚訝母愛居然會在這樣一個極其普通的年輕母親身上煥發出如此神奇的力量。她想著一個畫面：一個宣稱自己見了武器便嚇得要命的弱女子，從容不迫地舉起手槍打倒那個加害她孩子的人。

按照隊長的建議，他們先到了火車站。二十分鐘前，一列火車才離開利漢普敦。拐騙貝蒂的亡命之徒很可能已經坐上這趟火車走了。

他們在車站分成幾路追查。隊長找檢票員了解情況，湯米到售票處，布萊奇利去找站台上的腳夫。陶品絲和史派特太太到女盥洗室。她們想，那個女人說不定上火車前會到那兒改頭換面。

結果一無所獲。現在他們越發陷入迷途。海多克指出，拐騙孩子的人很可能有一輛汽車。一旦貝蒂上鉤，就可以立即坐上這輛汽車逃走。布萊奇利少校又一次指出，正是在這種情況下，警察的合作才越發顯得重要。他們需要這樣一個嚴密的組織，向全國各地迅速傳遞資訊，封鎖所有公路，檢查所有車輛。

史派特太太緊緊地抿著嘴唇，搖了搖頭。

陶品絲說：「我們必須把自己放到他們的立場來想這件事。他們的車會停在什麼地方？當然是離聖守喜愈近愈好。可是停在哪兒才不會引起別人的注意呢？現在讓我們分析一下。那個女人和貝蒂一起走下小山丘。山丘下是海濱廣場。汽車也許就停在那兒。只要有人在車上，你想停多長時間都沒人過問。還有一個可以停車的地方是詹姆斯廣場，離聖守喜也很近。或者就停在與海濱廣場相連的那幾條小街上。」

就在這時，一個戴夾鼻眼鏡、個子不高的男人跑來結結巴巴地說：「請原諒……不要生氣。我希望……我……剛才你和腳夫說話的時候，我無意中聽見幾句。」（這時，他只衝著布萊奇利少校說。）「我當然不是故意的。我只是來看一個包裹到了沒有。現在的郵件總是拖拖拉拉，慢得要命。他們說是因為調動軍隊的緣故。可是這樣一來，對於容易變質的東西就麻煩了。我是說包裹。哦……事情是這樣的。我偶然聽到……實在是巧合……」

史派特太太撲過去，一把抓住那人的手臂。

「你看見她了？你看見我的小女兒了嗎？」

「哦，你說是你的小女兒？看來……」

史派特太太叫了起來。

「快告訴我！」

她緊緊抓著那人的手臂，把他捏得發疼，臉都扭歪了。

陶品絲連忙說：「請把你看到的情況告訴我們，我們將非常感激。」

「啊，是嗎？當然。或許什麼事也沒有。不過你們講的情況很像……」

陶品絲覺得站在她身邊的女人渾身顫抖，但她自己努力鎮靜下來。她很了解眼前這種類型的男人……大驚小怪，糊里糊塗，畏首畏尾，言不及義，你要是著急，會把事情弄得更糟。她說：「請你慢慢講。」

「是這樣的……我叫羅賓斯。哦……愛德華．羅賓斯……」

「羅賓斯先生，請講。」

「我住在歐尼斯山崖路燈街，那條新路旁邊的新房子。那兒辦什麼事情都非常方便，風景秀麗，離那片丘陵地只有一箭之遙。」

布萊奇利少校正要發作，陶品絲朝他使了個眼色，說：「你看見我們在找的那個小女孩了？」

「是的。我覺得很可能就是那個孩子。你們說是一個小女孩和一個長得像外國人的女人，是嗎？引起我警覺的是那個女人。因為我們現在對第五縱隊都很警惕，難道不是嗎？『密切注意』，我們經常這樣說。我自己是這樣說的，也是這樣做的。所以我就盯上了那個女人。我心裡想，許多間諜表面上的身分都是護士或女僕。這個長相特別的女人一直朝那片丘陵地走去，還帶著一個小女孩。小女孩看起來很累，跟不上女人的步伐。已經七點半了，大多數小孩這時早已上床睡覺。所以我就緊緊地盯著那個女人。我想，我一定驚動了她。她拉著孩子慌慌張張朝大路走去，後來抱起孩子向山崖的方向走。我覺得非常奇怪。你們都知道那兒沒有房子，什麼都沒有。直到燈街才有。而燈街離那片丘陵地還有五英里遠。身強力壯的徒步旅行者也要走上好一陣子。我愈想愈覺得奇怪，思忖這個女人會不會是去那兒發什麼信號。敵人的這種破壞活動我是聽說過的。她看我盯著她看，顯得很不自在。」

這時，海多克隊長已經鑽進汽車，發動了引擎。他說：「你說是歐尼斯山崖路？正好在城那邊，對吧？」
「是的。順著海濱廣場走，穿過舊城，再往前……」
大家也都跳上汽車，不再聽羅賓斯先生囉嗦。
他們飛也似地穿過小城。之所以沒出車禍不是因為技術高，而是運氣好。他們的運氣一直都不錯，很快便來到一片雜亂無章的建築群。因為離煤氣廠不遠，這裡的房子一副煙燻火燎的樣子。好多條小路通往丘陵地帶，歐尼斯山崖路是第三條。
海多克隊長駕著汽車非常熟練地駛上這條小路，一直開到山坡下面。前面的路崎嶇不平，蜿蜒而上，只能步行。
「下車走吧。」布萊奇利說。
海多克說：「看來還開得上去。路面還算硬。雖然坑坑疤疤，不過我想還是能開上去。」
史派特太太喊了起來。
「哦，求求你，求求你……開上去，我們必須盡快！」
隊長自言自語。
「但願那個戴眼鏡的傢伙說的都是真的，否則可是白辛苦一場。」
汽車在崎嶇不平的小路上顛簸著，呻吟著向山頂開去。坡度很大，但是路上的草皮還算鬆軟，有點彈性。他們終於平安到達山頂。眼前的景色一覽無遺，燈光灣遙遙在望。
布萊奇利說：「這倒是個好主意。如果需要，那個女人可以在這兒停留一晚，明天早晨趕到燈光灣，便可以坐火車逃之夭夭。」

海多克說：「連個影子也沒有。」

他想得很周到，帶來一架望遠鏡，此刻正舉在眼前觀察著。突然他渾身緊張起來，看見兩個小黑點在山石間移動。

「啊！看到了！」

他在駕駛座上坐好，汽車又向前顛簸而去。距離那兩個小黑點並不很遠。四個人全然不顧汽車劇烈的顛簸，緊張地搜尋著，所以很快便看見那一高一矮兩個人的身影——女人拉著一個小孩……更近了……就是貝蒂，穿著綠格裙子！

史派特太太非常古怪地叫了一聲。

「好了，親愛的，」布萊奇利少校非常和藹地拍了拍她。「已經追上她們了。」

他們繼續向前。突然，那個女人回轉身，看見那輛向她疾駛而來的汽車。

她叫了一聲，抱起孩子拔腿向山崖跑去。

汽車開了幾碼之後，因為道路高低不平，又有巨石阻擋，只好停了下來，車上的人跌跌撞撞跳下汽車。

史派特太太第一個衝出車門，發瘋似地向那個逃亡者跑去。

其他人跟在後面。

相距不到二十碼的時候，那個走投無路的女人突然停下腳步，轉過臉來。她已經站在懸崖邊上，把孩子越發緊緊地抱在懷裡，用沙啞的聲音叫喊著。

海多克喊了起來。

「我的上帝，她要把孩子扔下山崖……」

女人站在那兒，緊緊抱著貝蒂。因為憤怒和仇恨扭歪了一張臉。她用沙啞的聲音叫喊著，但誰也聽不懂她說了些什麼。她還抱著孩子，不時看一眼腳下的萬丈深淵。

顯然她威脅要把孩子扔下去。

他們都嚇壞了，一動不動地站著。此時此刻，任何不慎都可能造成一場災難。

海多克在口袋裡摸索著，掏出一把左輪手槍。

他叫喊著：「放下孩子！要不然我就開槍了。」

那個外國女人大笑著，把孩子緊緊貼在胸口，兩個身體合而為一。

海多克喃喃著：「我不敢開槍，會傷著那個孩子。」

湯米說：「這個女人瘋了。她隨時都會抱著孩子跳下山崖。」

海多克無可奈何地說：「我還是不敢開槍……」

可是就在這時，爆出一聲槍響。女人晃了晃倒了下來，孩子還抱在懷裡。

男人們跑了過去。史派特太太站在那兒搖搖晃晃，手裡的槍冒著一縷青煙，一雙眼睛瞪得老大。

她邁開僵硬的雙腿向前走了幾步。

湯米跑到那個女人身邊，把她和貝蒂輕輕地翻過來，看見一張陌生但十分美麗的面孔。女人睜開眼睛看了他一眼，嘆了一口氣便死了。子彈打穿了她的腦袋。

小貝蒂沒有受傷。她掙開女人的懷抱向那個凍住的女人跑去。

史派特太太終於支撐不住了。她扔掉手槍，癱在地上，把孩子摟到懷裡。

她叫喊著：「她平安無事了……她平安無事了！啊，貝蒂……貝蒂！」然後壓低嗓門問：「我……我……我打死她了嗎？」

陶品絲語氣堅定地說：「不要想這件事，不要想這件事。想想貝蒂，想想貝蒂！別的都不要考慮。」

史派特太太緊緊抱著貝蒂抽泣著。

陶品絲走到那幾個男人身邊。

海多克喃喃著：「真是奇怪。要我可打不了這麼準，我不相信這個女人以前沒用過槍，打中純粹是本能。奇怪！真是奇怪！」

陶品絲說：「謝天謝地！實在是太危險了！」

她順著山崖向大海望去，不由得打了一個寒顫。

／08

幾天後，警方對那個被打死的女人進行了調查。在警方弄清楚她是一位波蘭難民、名叫范妲．波倫斯卡之前，調查中止了一段時間。

經歷懸崖上極富戲劇性的一幕之後，史派特太太和貝蒂被送回聖守喜。這時，史派特太太的精神處於崩潰狀態。回到旅館後，人們端茶倒水、問長問短，忙成一團。有人還送來一小杯白蘭地，慰問處於半昏迷狀態的這位女英雄。

海多克隊長和警察局及時取得聯繫，並帶領警察到發生慘劇的山崖勘察了現場。

要不是被讓人心緒不安的戰爭消息所霸占，這個悲慘事件的報導或許會占據更大篇幅。現在，報紙只寫了一小段。

陶品絲和湯米作為目擊者不得不接受調查。他們生怕好事的記者會把證人的照片印到報上，所以梅多斯先生聲稱眼睛裡進了東西，只好戴一個眼罩。班金索夫人則戴了一頂帽子。

這樣一來，人們把注意力都集中在海多克隊長和史派特太太身上。史派特先生收到電報後急匆匆趕來看他的妻子。不過因為有事，當天就又回倫敦去了。他個性看來隨和，但有點無趣。

調查程序從辨認死者開始。一位名叫卡爾芳特太太的女人負責此項工作。她嘴唇很薄，目光犀利，已經處理了好幾個月安置難民的工作。

她說，波倫斯卡是和她的堂哥夫婦一起逃到英格蘭。就她所知，他們是她僅有的親人。她覺得這個女人有點精神失常。據她自己說，她在波蘭經歷了許多十分可怕的事。她的家人——包括幾個孩子——都被殺了。這個女人總是板著面孔，不苟言笑，滿腹狐疑，不論為她做什麼，她都不領情。她總是喃喃自語，看起來很不正常，後來他們給她找了一個幫傭的差事，但幾個星期前，她不辭而別，也沒向警察局報告。

驗屍官問，這個女人的親戚為什麼沒到場，警官布蘭西做了如下的解釋：

那一對夫妻被有關部門依據國防法扣留了。他們和一樁海軍造船廠的案子有關。他說，這兩個外國人是以難民的身分來英格蘭，可是他們立足未穩就想在海軍基地附近找工作。所以夫妻倆一直受到懷疑和監視。他們有一大筆錢，數目驚人。至於已經死亡的波倫斯卡並沒有什麼可指控的罪證，只是人們認為她有反英情緒。但曾懷疑她是敵人派來的間諜，瘋瘋顛顛只是裝出來的罷了。

找史派特太太談話時，她立刻淚流滿面。驗屍官是個辦案老手，非常巧妙地把她引上這個話題。

「太可怕了，」史派特太太驚魂未定地說，「太可怕了，我居然殺了人。那並不是我的本意……我的意思是，我絕對沒想到會發生這樣的事情。可是，貝蒂……那個女人要把她扔下山崖，我不得不阻止她……哦，天哪！連我自己也不知道幹了什麼！」

「你對使用武器很熟悉嗎？」

「哦，不！我只摸過市場上那種打東西玩的氣槍，還不敢真打。哦，天哪！我覺得我是殺人凶手。」

驗屍官極力安慰她，問她以前和死者有沒有接觸。

「沒有。我從未見過這個人。我想，她一定是瘋了。因為她根本就不認識我和貝蒂。」

回答進一步的盤問時，史派特太太說，她曾經參加過一個援助波蘭難民的縫紉協會，如果說她和波蘭人有什麼關係，也僅限於此。

海多克是下一個證人。他講了自己追蹤拐騙者所採取的一系列行動，以及最終發生的事情。

「你當時非常清楚那個女人準備跳崖嗎？」

「要嘛跳崖，要嘛把孩子扔下山崖。看起來仇恨已讓她精神錯亂，根本不可能和她講道理。那真是千鈞一髮，非立刻採取行動不可。我本來想開槍打倒她，但她抱著那個孩子，拿她當擋箭牌，我怕打死那孩子而沒敢開槍。史派特太太冒了險，結果成功救了女兒一命。」

史派特太太又哭了起來。

班金索夫人的證詞很短，只是證明了隊長的說法。

接下去是梅多斯先生。

「你同意海多克隊長和班金索夫人的說法嗎？」

「完全同意。那個女人當時處於瘋狂狀態，根本無法接近她。她確實想抱孩子跳崖。」

還有一些無關緊要的證詞。驗屍官向陪審團彙報了調查情況。范妲．波倫斯卡的確死於史派特太太之手，但史派特太太無可責難。至於死者是否確有精神病、出於何種動機，已經無從查證。她也許出於對英格蘭的仇恨才幹下這件蠢事。有些散發到波蘭難民手裡的「慰問品」上有贈送者的名字，也許這個女人就是透過這種辦法找到史派特太太。但為什麼她要拐走小貝蒂還是一個謎。唯一的解釋是，正常人無法理解她錯亂的想法。按照波倫斯卡自己的陳述，她在波蘭受了極大的痛苦，這些刺激可能導致她精神失常。可是從另一方面看，她也許是敵人派來的間諜。

最後，陪審團按驗屍官的意見做出裁決。

§

驗屍審訊的第二天，班金索夫人和梅多斯先生又碰了頭，交換意見。

「范妲・波倫斯卡一死，什麼線索都斷了。和先前一樣，我們眼前又是一片空白。」湯米悶悶不樂地說。

陶品絲點了點頭。

「是啊，把兩邊的路都堵死了。沒有什麼文件，也斷了她堂哥夫婦那一大筆錢的來源線索，找不到他們和什麼人來往的紀錄。」

「他們的本事也他媽的太大了，」湯米說，「你知道，陶品絲，現在的形勢不太樂觀。」

陶品絲點了點頭。戰事的消息確實不如人意。

法國軍隊正在撤退，情勢是否可以逆轉，很難預料。敦克爾克大撤退正在進行之中，巴黎淪陷只是幾天之內的事了。他們沒有充足的物資和精良的武器來抵抗德國機械化部隊的進攻，這已是人所共知的事實。一種失望、氣餒的情緒與日俱增。

湯米說：「這一切是我們自己糊里糊塗、行動遲緩造成的，還是由於背後有一個精心策畫的陰謀？」

「我想是後者。只是很難拿出足夠的證據證明。」

「是啊，我們的對手在這方面太精明了。」

「我們已經清除了不少鼠輩。」

「是的，我們圍捕了比較明顯的敵人，可是還沒抓到躲在幕後的首腦人物。對他們的頭目、核心組織、精心安排的計畫仍一無所知。這些計畫利用了我們習以為常的拖拉、內部不和及遲鈍，從而達到他們的目的。」
陶品絲說：「這就是我們來這兒的目的，只是還沒有任何進展。」
「我們已經做了一些事情，」湯米提醒她。「是的，發現了卡爾．馮戴尼和范妲．波倫斯卡。兩條小魚。」
「你認為他們倆在一起工作嗎？」
「我想一定是這樣，」陶品絲若有所思地說，「你知道，我親眼看見他們兩個在一起說話。」
「如果這樣，卡爾．馮戴尼一定參與了拐騙貝蒂？」
「我想是的。」
「可是為什麼？」
「我也一直在想這個問題，」陶品絲說，「沒有必要嘛。」
「為什麼要誘拐這個孩子呢？史派特夫婦是什麼人？他們沒有錢，所以顯然不是為了勒索錢財。他們也不是政府官員。」
「我知道，湯米。這件事實在說不通。」
「史派特太太對這件事有什麼看法？」
「那個女人，」陶品絲輕蔑地說，「腦子連個母雞也不如。她根本就還沒想到這裡來。她只是一口咬定，只有萬惡的德國鬼子才會做這種事。」

的原因。」

「蠢女人，」湯米說，「德國人又不是飯桶。他們要是派人來拐騙一個孩子，一定有它

「我有一種感覺，」陶品絲說，「史派特太太如果動腦筋想一想，就一定能夠找到其中的原因，這裡面一定大有文章。也許她無意中掌握到了什麼重要情報，而她自己對此全然不知。」

「『什麼也不要說，等待命令』，」湯米引用史派特太太在她房間發現的那個訊息。「他媽的，這句話一定另有含義。」

「當然，一定是。我現在能夠想到的是，這位史派特太太……或者她的丈夫，替什麼人藏了什麼重要東西。之所以藏到這夫婦倆手裡，是因為他們是極其普通的人，誰也不會懷疑那東西在他們手裡，不管那是什麼。」

「有點道理。」

「是啊。不過聽起來很像間諜小說，有點不大真實。」

「你有沒有問過史派特太太，讓她動動腦子？」

「當然。問題是，她對這事一點也不感興趣。她只忙著高興貝蒂回到自己身邊，再就是為了殺死一個人而歇斯底里。」

「女人真是不可思議，」湯米一邊沉思一邊說，「那天，這個史派特太太像個復仇女神，為了奪回她的孩子，竟敢朝一個冷血的人開槍，而且連眼睛都不眨一下。等到憑著令人難以

置信的好運僥倖打死那個拐騙她孩子的人之後，又軟得像一團稀泥，沒完沒了地發神經。」

「驗屍官已經宣布她無罪。」陶品絲說。

「這是理所當然。啊，換了我，也不敢冒險開槍。」

陶品絲說：「如果知道有多麼危險，她也許就不敢。完全是不知道這件事有多危險，她才敢冒險開槍。」

湯米點了點頭。

「頗有聖經故事的味道，」他說，「大衛和歌利亞[9]。」

「啊！」陶品絲說。

「怎麼了？老婆。」

「我也說不清。你剛才說什麼聖經故事的時候，我腦子裡突然閃過一個念頭。可是稍縱即逝，現在又想不起來了。」

「這很有價值。」

「別那麼刻薄。有時候確實會發生這種情況。」

「是某位紳士危難之際拉弓射箭，對吧？」

「不，不是……等一下……我想是和所羅門王[10]有點關係……」

「雪松、寺廟、妻妾成群？」

「別說了，」陶品絲說，用兩手堵住耳朵。「你愈說愈亂。」

「猶太人？」湯米滿懷希望地說，「以色列部落？」

陶品絲搖了搖頭，過了兩分鐘後說道：「我希望回憶起，這個女人使我想起了誰。」

「你是說已故的范妲．波倫斯卡？」

「是的。我第一次看見她，就隱隱約約覺得她有點面熟。」

「你是說，你覺得在哪兒見過她？」

「不是，我從未見過她。」

「佩倫娜太太和希拉也是完全不同的類型。」

「哦，是的。但不是她們。我一直在想這兩個人，湯米。」

「為什麼？」

「是嗎？」

「我也不知道。和貝蒂被誘拐那天，史派特太太在她房間發現的那個紙條有關。」

「史派特太太說有人在紙條裡包了一塊石子從窗戶扔到她房間。我覺得不是這樣。我想這個紙條不是什麼人扔進去的，而是佩倫娜太太放進去的。」

9 歌利亞是《舊約聖經．撒母耳記上》中記載的非利士巨人，遭大衛所殺。

10 所羅門王（Solomon），以色列國王，是大衛和芭思希芭之子。他加強國防，發展貿易，以武力維持其統治，使猶太王國達到鼎盛時期，以智慧著稱。

「你認為佩倫娜、卡爾還有范妲・波倫斯卡都在一起工作？」

「是的。你難道沒注意到，佩倫娜太太在關鍵時刻突然出現，而且一下子控制了整個局面，還說不能給警察局打電話。」

「你仍然把她看作M？」

「是的。難道你不這樣看？」

「恐怕是。」湯米慢吞吞地說。

「為什麼？湯米，你是不是另有想法？」

「也許只是異想天開。」

「講給我聽聽。」

「不，還是不要。還沒有什麼具體的證據。不過如果我沒有搞錯，我們應該找的不是M，而是N。」

他心裡想：「布萊奇利。我想他沒有問題。為什麼不會是他呢？他這個人很真實……甚至太真實了。堅持報告警察局的是他。當然，也許他自信他的意見會遭到孩子的母親反對，所以才這樣做。故意用激將法，讓對方堅持不同的意見……」

想到這裡，他又不由得想起那個至今還找不到答案的煩人問題：為什麼要誘拐貝蒂・史派特？

§

聖守喜外面停著一輛警車。

陶品絲只顧想自己的心事，沒有注意這輛車。她轉下車道，穿過前門，徑直向樓上自己的房間走去。

剛跨過門檻，她就停下腳步，嚇了一跳……窗口有個高高的身影向她轉了過來。

「我的天，」陶品絲說，「希拉？」

希拉直直走到她的面前。陶品絲看見她臉色蒼白，深陷在眼窩裡的一雙眼睛閃閃發光。

希拉說：「你回來了，我真高興。我一直在等你。」

「怎麼回事？」

希拉用非常平靜且沒有任何感情的聲音說：「他們逮捕卡爾了。」

「警察？」

「是的。」

「哦，天哪。」陶品絲說。

她覺得自己一下子應付不了這突如其來的變故。她心裡非常清楚，希拉雖然看起來平靜如水，實際上，她的心底一定是浪濤洶湧。

不管他們是不是同謀，這個女孩深深愛著卡爾・馮戴尼。陶品絲覺得心口陣陣發痛。她同情這個可憐的女孩。

希拉問：「我該怎麼辦？」

這個簡單卻很難回答的問題使得陶品絲本能地退縮了一下。她無可奈何地說：「哦，親愛的。」

希拉就像哀怨的豎琴發出單調的嗡嗡響聲。

「他們把他帶走了，我再也看不見他了。」她突然叫喊起來。「我該怎麼辦？我該怎麼辦？」

說著，她撲倒在床前失聲痛哭起來。

陶品絲撫摸著她滿頭黑髮，無力地說：「也許不是真的。他們只是拘留他幾天。你知道，他畢竟是交戰國的人。」

「他們可不是這樣說的。他們正在搜查他的房間。」

陶品絲慢吞吞地說：「可是，如果什麼也搜查不出來……」

「當然什麼也不會搜查到。他們能找到什麼呢？」

「我不知道。我想，也許你知道……」

「我？」

她的輕蔑、她的迷惑不解太真實了，絕對不會是裝出來的。此刻，陶品絲完全卸除了先前對希拉．佩倫娜的懷疑。

這個女孩什麼也不知道。

陶品絲說：「如果他是清白的……」

希拉打斷她的話。

「那又有什麼用呢？警察會羅織罪名啊。」

陶品絲生氣地說：「胡說，親愛的孩子，絕不會這樣。」

「英國警察什麼事都幹得出來。這是我媽說的。」

「也許你媽會這樣說，可是她錯了。我向你擔保不會這樣。」

希拉用疑惑的目光看了她一兩分鐘，然後說：「太好了。你都這樣說了，我信任你。」

陶品絲心裡非常不安，她生氣地說：「你信任的人太多了，希拉。你信任卡爾，這可能很不明智。」

「你也懷疑他？我以為你喜歡他。他也一直這樣認為。」

唉，這些可憐的小傢伙，那麼相信別人的喜愛。她確實喜歡卡爾，就是現在也是。

她非常疲倦地說：「聽著，希拉。喜歡或者不喜歡，和我們所處的這個特殊環境毫無關係。我們正和德國打仗。一個人可以有許多方式替自己的國家服務。其中一種是搜集情報，在敵後工作。這是非常勇敢的人才能從事的工作。因為一旦被對方抓住……」她停了一下。

「一切就都完了。」

希拉說：「你認為卡爾……」

「也許以這種方式為他的國家工作？有這種可能，難道沒有嗎？」

「沒有。」希拉說。

「也許這正是他的工作……你知道，以難民的身分跑到這兒，裝出一副極力反對納粹的樣子，然後搜集情報。」

希拉平靜地說：「不可能，我了解卡爾。我知道他的心和他的思想。他最熱愛的是科學、他的工作、真理和其中包含的知識。他對英國收留了他並且讓他在這兒工作，感激不盡。當人們說些傷害他的話的時候，身為德國人，他非常痛苦。可是他一直很痛恨納粹，痛恨他們的主張和對自由的踐踏。」

陶品絲說：「他當然會這麼說。」

希拉轉過臉望著她，目光中充滿責備。

「這麼說，你認為他是間諜？」

「我認為……」陶品絲猶豫了一下。「有這種可能。」

希拉走到門口。

「我明白了。很遺憾，我竟跑來求你幫助我們。」

「你認為我能做什麼呢，親愛的孩子？」

「你認識人。你的兒子在陸軍、海軍。我不只一次聽你說過，他們認識不少大人物。我想，也許你能讓他們做點什麼。」

陶品絲想起自己編造的那幾個神話人物：道格拉斯、雷蒙，還有西禮。

「我想，」她說，「他們幫不了你的忙。」

希拉揚了揚頭，激動地說：「看來一點希望都沒有了。他們會把他帶走，關起來，然後哪天早晨讓他面對一堵牆站著，把他打死。這就是最終的結果。」

她走出去，砰地一聲把門關上。

「啊，這些該死、該死、該死的愛爾蘭人！」陶品絲心裡很不是滋味。「他們為什麼有那麼可怕的力量，把你攪得暈頭轉向呢？如果卡爾·馮戴尼真的是間諜，那麼他就是死有餘辜。我必須堅持這一點，不能被這個女孩用她的愛爾蘭說教所迷惑，把他看成英雄、烈士、殉道者！」

她想起一位很有名的女演員朗誦的一首詩。那是〈駛向大海〉中的詩句：

他們將要擁有的，是一個寧靜美好的時刻……

痛苦……感情的潮水把你帶到遠方……

她想，如果這一切不是真的該有多好。啊，但願這一切不是真的……

然而，知道自己正從事的是什麼工作，她怎麼能對此產生懷疑呢？

§

防波堤上坐著的釣客把釣魚線拋到水裡，然後小心翼翼地用螺旋輪收繞。

「恐怕沒什麼可懷疑的。」他說。

「你知道，」湯米說，「我很為這件事難過。他是……哦，是個好青年。」

「是好青年，他們通常是好青年。一般來說，敢做這種工作的都是很不錯的人。那種雞鳴狗盜之輩是不可能自願到敵國來的。都是勇敢的人。這一點你我都很清楚。問題是，這個案子已經得到證實。」

「你剛才說，『恐怕沒什麼可懷疑的』？」

「根本就無須懷疑。在他的那些化學配方裡，有一張名單，上面寫的都是那家工廠對法西斯抱持同情態度的人，也就是他們可以接近、拉攏的人。還有一項非常高明的破壞計畫。他們研製出一種可以當化肥使用的化學物質，可以使大片的農田荒蕪。而這一切都是卡爾最熟悉的領域。」

湯米心裡暗暗責怪陶品絲，是她讓他替卡爾說情。他不情願地說：「我想，會不會有人給他栽贓呢？」

格蘭特先生笑了起來，一種不無殘忍的笑。

「哦，」他說，「毫無疑問，這是你妻子的想法。」

「啊……是的。事實上，是她的一種想法。」

「他是個挺討人喜歡的小夥子。」格蘭特先生寬宏大量地說，「不，說正經的，我們不會考慮她的這種想法。他有一種密寫藥水，這是重要的罪證。如果有人陷害，也不會栽這種贓。因為他的藥水不是那種隨用隨配的藥水，或者諸如此類的東西，而是一種製作非常精巧的密寫藥。以前我們只碰到過一次，藏在背心釦子裡，用的時候把釦子泡到水裡。卡爾・馮戴尼的密寫藥不是藏在釦子裡，而是在鞋帶裡面，非常巧妙。」

「啊！」

湯米的心突然動了一下，一個還很不清晰的念頭從腦海裡閃過。

陶品絲的思維更加敏捷。湯米向她複述和格蘭特先生的談話時，剛講到鞋帶的事，她就叫了起來！

「鞋帶？湯米，這就對上了！」

「什麼？」

「貝蒂！你這個傻瓜。你還記得那天她在我的屋子裡幹的調皮事嗎？把我的鞋帶都解下來，泡在水裡。那時候，我只覺得這孩子好好玩。現在看來，她必定是見過卡爾這樣做，才學著玩。他生怕小貝蒂無意中把這件事說出去，就和那個女人合謀誘拐了貝蒂。」

湯米說：「如此說來，一切都清晰了。」

「是的，終於理出一個頭緒，這實在是一件快事。你可以把這件事先擱到一邊，繼續深入下去。」

「我們的確需要繼續深入。」

陶品絲點了點頭。

形勢非常險峻。法國政府出人意料地宣布投降，就連法國人民都感到大惑不解，頹喪萬分。

法國海軍連自己該駛向何方都不知道。

現在法國的海岸線都控制在德國人手裡，侵略再也不是遙遠的「不測之風雲」。

湯米說：「卡爾・馮戴尼只是這片網絡上的一個環節，佩倫娜太太才是頭。」

「是的，我們必須盡快掌握她的罪證，可是這絕非易事。」

「當然。如果她真是首腦人物，一定不會輕易露出馬腳。」

「這麼說，M就是佩倫娜太太？」

湯米認為一定是她，他緩緩地說：「你真的認為她女兒沒有捲入這場陰謀？」

「我很確定。」

湯米嘆了一口氣。

「嗯，你是應該知道。可是，如果這樣，她就太不幸了。失去心愛的男人，然後是她的母親……她還剩下什麼呢？」

「這是沒辦法的事。」

「是啊。但假如是我們誤判了呢？M或者N是別人呢？」

陶品絲冷冷地說：「看來這件事你還是心存疑慮？你不覺得你有點不切實際嗎？」

「你這話是什麼意思？」

「我是指希拉・佩倫娜。」

「你這些想法太荒唐了吧，陶品絲？」

「不，一點也不荒唐。你被她迷上了。湯米，就像其他男人一樣……」

湯米十分生氣地回答道：「根本就不是，我只是另有想法。」

「什麼想法？」

「我想，我最好還是先保留一下吧。讓我們看看最後誰對誰錯。」

「那麼，好吧。我想，我們必須把佩倫娜太太的情況弄個一清二楚。掌握她的行蹤、她來往的人員以及其他方面的問題。一定有個環節和她緊緊相連。你最好今天下午就派艾柏去跟蹤她。」

「你可以去做這件事。我忙著呢！」

「你忙什麼呢？」

湯米說：「打高爾夫球。」

／09

「就像從前一樣，不是嗎，夫人？」艾柏說。

他興奮得滿臉紅光。儘管已是人到中年開始發福，艾柏仍童心未泯。而正是這樣一種浪漫情懷，使得他和湯米、陶品絲在青年時代走到一起，經歷了千難萬險。

「還記得我們第一次見面的情形嗎？」艾柏問，「我正在高級大飯店擦那些黃銅器具。前廳的運工是不是一個很討厭的傢伙？我總覺得他討厭。你來的那天給我講了個故事！一大堆謊話，都是關於一個叫雷迪．麗塔的騙子。沒有一件事是真的。從那以後，我就開始了一種新的生活。我們一起經歷了那麼多冒險，後來才安定下來。」

艾柏嘆了一口氣。出於禮貌，陶品絲問了問艾柏太太的身體情況。

「哦，太太身體還好。只是她說她不怎麼喜歡威爾斯。認為那兒的人應當好好學英語。至於空襲嘛，已經炸過兩次。她說，挖了防空洞，足以開進去一輛汽車。所以，應該說還算安全。或許和在肯寧頓差不多。她說在那兒用不著看那些讓人憂傷的樹木，而且還有瓶裝的乾淨牛奶可喝。」

「我不該，」陶品絲突然感到一陣內疚，說，「不該把你牽扯到這件事裡，艾柏。」

「胡扯，夫人，」艾柏說，「我一直四處活動想找事做，可是他們傲氣十足，連看都不看我一眼。他們說，要等到需要我這個年齡的人，再打電話找我。我的身體很好，巴不得上前線消滅德國鬼子。請原諒我淨說粗話。你只要告訴我，怎樣才能用制動棒阻止他們的車輪前進就行了。剩下的事由我來做。第五縱隊，正是我們要對抗的組織……報紙上這樣說。儘管另外那四個縱隊怎麼回事，他們沒說。但不管怎樣，我完全聽從你和貝里福上尉的吩咐，幫助你們完成這項任務。」

「好的。現在我就告訴你該怎麼辦。」

§

「你認識布萊奇利多長時間了？」

湯米一邊走出發球區一邊問，眼睛還帶著讚許的神情，看他的球沿著平坦的球道向遠處滾去。

海多克隊長剛打了一個好球，肩扛球桿，滿臉得意，回答道：「布萊奇利？讓我想想看……哦，大概九個月了。他是去年秋天來這兒的。」

「記得你說過，他是你朋友的朋友？」湯米說，其實完全是他自己編造的。

「我說過嗎？」隊長有點吃驚。「不，我沒說過。我是在俱樂部和他認識的。」

「我覺得這人有點神祕。」

隊長這次顯然吃了一驚。

「神祕？布萊奇利？」他顯然不同意湯米的看法。

湯米鬆了一口氣。他覺得自己可能太多疑了。

他又打了一個上旋球。海多克用他的鐵頭球桿打了一個球。球落在果嶺。再回來的時候，他說：「你怎麼會覺得布萊奇利神祕？依我看，他這個人平淡無奇，典型的軍人。思想僵化，生活面很窄，只熟悉部隊生活……怎麼會神祕呢？」

湯米含含糊糊地說：「哦，我也是聽別人說。」

他們繼續打球。隊長贏了。

「三比二。」他滿意地說。

然後，正如湯米希望的那樣，等他的心思不在打球上的時候，隊長又接起剛才的話頭。

「你說的是哪一種神祕？」他問道。

湯米聳了聳肩。

「嗯……誰也不了解他。」

「他原先在拉格比。」

「你確定嗎？」

「嗯，我……我也不太清楚。梅多斯，怎麼回事？布萊奇利有什麼問題嗎？」

「沒有，沒有，當然沒有。」湯米連忙說。

他已經放出他的兔子，現在可以坐在那兒冷眼旁觀，看隊長做何反應。

「我總覺得這人有點滑稽可笑。」海多克說。

「正是，正是。」

「啊，是的……我明白你的意思了。也許是有點古怪。」

湯米心裡想，我這樣做頗有點誘供的味道，不過這個老傢伙還是有可能說出點什麼。

「是的，我確實明白你的意思了。」隊長若有所思地說，「現在我想起，還從來沒碰過在他來這兒之前認識他的人。他沒有任何老朋友……或類似的交往。」

「啊！」湯米說，「我們把那個洞打完好嗎？可以再多玩一會兒，下午的天氣這麼好。」

於是他們分頭去打。在果嶺再次相遇時，海多克突然說：「告訴我，關於他，你都聽到些什麼？」

「沒聽到什麼……真的沒有。」

「沒必要跟我保密，梅多斯。什麼謠傳我都聽過，你知道嗎？誰都喜歡來和我聊。大家都知道我對這方面的事情非常敏感。到底怎麼回事？布萊奇利是不是表裡不一？」

「人們只是隨便說說罷了。」

「說什麼？說他是德國人？胡扯。他和你、我一樣，是標準的英國人。」

「啊，當然。我也擔保他沒有什麼問題。」

「他總是叫嚷著要拘留更多的外國人。你瞧他反對那個德國小夥子有多起勁……看起來這件事他倒是沒錯。警察局長私下告訴我，他們發現馮戴尼的許多罪證，讓他上十次絞架也不冤枉。他有一個在所有水源下毒的計畫，而且實際上正在製造一種新的毒氣……在我們自己的工廠裡製造！上帝呀，我們的人連一點兒警覺性也沒有，居然能讓這樣一個傢伙鑽到我們內部。我們的政府，什麼人的話都信！一個年輕人戰爭爆發前跑到我們這兒，聽他罵了幾句納粹，聲稱自己受到迫害，政府就閉上眼睛，把他安排到我們的祕密工廠。對那個叫哈恩的傢伙，他們也是笨得要命……」

湯米不想讓隊長跑到球道那面，故意沒把球打進洞內。

「你可真背。」海多克喊道。

他小心翼翼地推了球桿，球滾進洞裡。

「我贏了。剛才我們說什麼來著？」

湯米語氣堅定地說：「說布萊奇利沒有任何問題。」

「當然，當然。哦，我聽人講過一個關於布萊奇利的笑話……剛才把這事都忘了……」

正在這時，另外兩人在喊他們。湯米雖然十分懊惱，也只得和他們一起回俱樂部喝酒。

之後，隊長看了看錶，說他和梅多斯該走了。因為湯米已經接受隊長的邀請，和他一起回家吃晚飯。

「走私天堂」像平常一樣井井有條。一位個子很高的中年男僕敏捷地服侍他們。這種周到的服務除了倫敦的大飯店之外很難碰到。

那人走出去之後，湯米說出自己的看法。

「是啊，我能找到阿柏道這樣一個僕人實在走運。」海多克說。

「你是從哪兒找到他的？」

「他是看了我登的廣告找上門的。他帶來的介紹信、履歷相當不錯。比那些工資要得少的人高出一大截。我當場決定留下他。」

湯米笑著說：「戰爭使我們失去了良好的服務。事實上，好侍者都是外國人。英國人似乎做不來這事。」

「因為這工作不夠體面吧。英國人不願意點頭哈腰服侍別人。」

他們坐在外面啜著咖啡，湯米輕聲問：「你剛才在球場想說什麼？關於布萊奇利的一個笑話。」

「那是什麼？你看見了嗎？海面上似乎有點點燈光。我的望遠鏡呢？」

湯米嘆了一口氣，他今天好像諸事不順。隊長大驚小怪地跑回屋裡又跑出來，舉起望遠鏡向海面張望，一邊觀察一邊說敵人有可能在海岸線的哪些地方建立信號系統，儘管現在並未露出跡象。他還描繪了一幅不久的將來敵人成功入侵的悲哀景象。

「沒有組織，沒有協調一致的調度。你是聰明人，梅多斯，你該清楚這是什麼情形。讓一個像安德魯斯這樣的人負責……」

又是一個老生常談的話題，那是海多克隊長最喜歡抱怨的事情。他認為，這裡的防空事務應該由他來負責。如果有可能，他決心取代科爾．安德魯斯。

男僕送來威士忌和甜酒。隊長還在喋喋不休，高談闊論。

「間諜滲透到我們每個領域……到處是這些傢伙的影子。和一次大戰一模一樣。理髮師啦、侍者啦……」

湯米往椅子上靠了靠，從側面打量著阿柏道，阿柏道放好飲料，步履輕捷地退下。湯米心裡想：「侍者？你要是叫這個傢伙佛立茲[11]，一定比叫他阿柏道更合適……」

是啊，為什麼不可能？這傢伙能說一口流利的英語，這倒是真的。可是許多德國人也都能。他們在英國飯店做了很多年，英語說得嚇嚇叫。種族特徵並非全然不同。金黃色的頭髮，藍眼睛。只是頭型可能露出破綻……是的，頭型……最近他在哪兒見過這種頭型呢……

他一時衝動說出一番話來，這話和隊長的話倒是銜接得天衣無縫，非常貼切。

「瞧他媽的那些要你填寫的表格，什麼用處都沒有，都是些傻透了的問題……」

湯米說：「我知道。比如『你叫什麼名字？』，回答是N或M。」

阿柏道，這位訓練有素的僕人突然晃了一下，瓶子嘩拉一聲倒在托盤裡，薄荷甜酒灑到湯米的袖口和手上。
阿柏道結結巴巴地說：「對不起，先生。」
海多克大發雷霆。
「你他媽笨手笨腳的傻瓜！瞧瞧你都幹了些什麼？」
他那張平常紅撲撲的臉因為憤怒脹成紫色。
湯米心裡想：「說什麼陸軍軍官脾氣大，看來海軍軍官還有過之而無不及咧！」
海多克繼續責怪，阿柏道只有道歉的份兒。
湯米眼看著阿柏道被責罵，心裡很不舒服。可是突然之間，像變魔術一樣，隊長怒氣全消，又恢復了先前那副樂呵呵的樣子。
「快來洗一洗吧，真糟。幸虧只是點甜酒。」
湯米跟他走進那間豪華的浴室，裡面擺著許多精巧的小玩意兒。他很仔細地洗掉黏答答的甜酒。隊長隔著浴室門和他聊天。聽起來似乎有點愧疚。
「我剛才可能有點過火。可憐的阿柏道。他知道，我只是脾氣大了點。」
湯米從洗臉池旁邊轉過身擦手，沒注意到地板上有塊肥皂，一腳踩了上去。油地毯像抹

11　佛立茲（Fritz）是德國人常用的名字 Frederick 的暱稱，也常用來稱呼「德國人」、「德國兵」。

了油，非常光滑，湯米像個發了瘋的芭蕾舞演員，猛地跨出一步，張開雙臂倒在地上。那一剎那，他一隻手抓住浴缸右邊的水龍頭，另一隻手重重地推了一下浴室裡那個小櫥櫃。這個極其誇張的動作如果不是剛才那災難性的一跤，無論如何是做不出來的。

他的一隻腳重重地踢在浴缸一頭的鑲板上。

就像神奇的魔術表演，浴缸在一個隱蔽的軸上轉了一下，從牆壁滑開，露出一個昏暗的壁龕。湯米清清楚楚看見裡面放著一台無線電發報機。

隊長的說話聲戛然而止，突然出現在門口。湯米腦子裡喀嚓一聲，驟然間一片雪亮。物歸其位，一切都清清楚楚、明明白白呈現在眼前。

在此之前，他簡直是個瞎子！那張樂呵呵的英國人面孔不過是個假面具。為什麼他沒能看清海多克的真面貌呢……一個脾氣很壞的普魯士軍官。毫無疑問，是剛才這個極其偶然的事件幫了湯米的忙。他又想起剛才那個偶然事件，眼前浮起一個普魯士惡棍對他的下屬大施淫威的模樣。

一切都大白於天下了，那就像一場魔術，玩雙面手法。敵人先派來間諜哈恩，雇外國工匠修建好這個地方，把注意力吸引到自己身上，然後實行計畫的第二部分……由英勇的英國水手海多克隊長揭穿他的真面目。然後順理成章，這個英國人買下這棟房子，逢人就講他的光榮史，直到大家都聽膩。就這樣，N順利進入指定位置。這裡海上交通十分方便，又有祕密無線電台，住在聖守喜的同謀也近在咫尺，做好了完成德國侵略者計畫的一切準備。

湯米不能不讚嘆這是一個相當周密的計畫，一切都安排得無懈可擊。他自己就從來沒有懷疑過海多克。他認為海多克是一個很真誠的人。如果不是這個極其偶然的事故，恐怕很難識破他的真面目。

所有這些想法當然只是湯米的「一念之間」。他十分清楚，現在自己陷入了滅頂之災。唯一的生路是把那個傻頭傻腦、輕信別人的英國人角色演到底。

他轉過臉對海多克哈哈哈地笑著，希望自己的笑聽起來很自然。

「我的天，在你這兒就沒有不讓你大開眼界的時候。這又是哈恩的傑作？那天你可沒讓我們參觀。」

海多克一動不動地站著。他那巨大的身軀堵在門口，顯得十分緊張。

「我可不是他的對手，」湯米想，「而且他還有那個該死的僕人幫忙。」

有一瞬間，海多克站在那兒像一座石雕。後來他放鬆下來，笑著說：「真他媽的滑稽，梅多斯，你就像芭蕾舞演員滑倒在地上。人大概一輩子也碰不上這麼一次。擦乾手到旁邊那個房間休息。」

湯米跟著海多克走出浴室。他非常警醒，心裡明白無論如何要帶著剛剛發現的祕密平安離開這裡。他能瞞過海多克嗎？現在他倒是沒有異常的表現，一切都很自然。

他一隻手摟著湯米的肩膀，好像漫不經心。但也許不然。他把湯米領進客廳，回轉身，隨手把門關上。

「老兄，我有話要對你說。」

他的聲音友好、自然，但總讓人覺得有一絲可怕。

「有點不好開口，」他說，「說實在話，是很難開口。不過，我對你絕對信任，說說也無妨。但你必須守口如瓶，絕對保密，梅多斯，你明白嗎？」

湯米臉上現出急不可耐、非常感興趣的表情。

海多克坐了下來，隨手把椅子拉到湯米跟前，做出一副知心朋友的樣子。

「你知道，梅多斯，事情是這樣的。誰也不知道，我在情報部M142BX——這是我所屬的部門——工作。你聽說過這個單位嗎？」

湯米搖了搖頭，越發顯得興趣大增。

「啊，這是一個祕密部門，完全是內線……如果你明白我的意思的話。我們從這裡發送情報。如果洩漏出去可是掉腦袋的事，你明白嗎？」

「當然明白，當然明白，」梅多斯先生說，「很有意思！你可以相信，我絕對不會把這事說出去。」

「是的，這件事關係重大，非常機密。」

「我懂。你的工作一定非常有趣，非常有趣。我很想多知道一點這方面的情況，不過我想，不應該有此奢望。」

「是的。我什麼也不能對你說。你知道，這事非常機密。」

「哦，我懂，我懂。我真的非常抱歉，出了這樣一件非同尋常的事。」

他心裡想，他能讓你矇混過去嗎？他會以為你信以為真嗎？

湯米覺得這一切都令人難以置信。後來他想起，虛榮心是許多人失敗的原因。海多克隊長或許會想，只有他是聰明人，了不起的大人物，而可憐兮兮的梅多斯不過是個愚蠢的英國人，一個什麼都信的糊塗蟲。海多克如果能這樣想就好了。

湯米繼續和海多克閒談，故意表現出濃厚的興趣和好奇。他說，他當然知道不該問任何問題。不過……海多克隊長的工作一定很危險，是嗎？他到過德國嗎？在那兒工作過嗎？

海多克的回答滿真誠。現在他又是一位道道地地的英國水手了，普魯士軍官的作風已經蕩然無存。

然而湯米現在是用新的眼光看他。這樣一看，便覺得自己先前被他矇騙過去實在是愚蠢之至。他的頭型、下巴的輪廓，和英國人沒有絲毫相似之處。

過了一會兒，梅多斯先生站起身來。關鍵的時刻到來了。海多克會放他走嗎？

「我得走了……天太晚了。非常抱歉，不過，我向你保證，今天的事情我半個字都不會說出去。」

（成敗在此一舉。他會不會放我走呢？我必須有所準備。向他的下巴直直打過去效果最好……）

梅多斯先生一邊興致勃勃地閒聊，一邊向門口走去。

他已經走到門廳……他已經打開前門……

從右邊那扇門，他瞥見阿柏道正在為第二天早晨的早餐擺刀叉杯盤（看來這些該死的傻瓜打算放他走了！）。

兩個人站在大門口又聊了幾句，約定下星期六再打一場高爾夫球。

湯米心裡想：「對你來說，沒有下星期六了，老兄。」

外面的大路上響起陣陣人聲。兩個男人剛從海角回來。湯米和隊長和他們倆都有一面之緣。湯米對他們打了個招呼，兩個人停了下來。海多克和湯米跟他們說了幾句話，四個人都站在大門口。然後湯米和海多克揮手告別，和那兩個人一起向山下走去。

他帶著這個重大的發現順利脫險。

海多克，該死的傻瓜，他上當了！

他聽見海多克回到他那棟房子，走進去，砰地一聲關上房門。湯米和那兩個新遇到的朋友一起小心翼翼地走下山坡。

天氣看起來要變了。

老門羅這次又不參加比賽了。

阿什比拒絕加入聯防隊。他說，這種組織半點用處也沒有。讓人受不了。助理球僮小馬斯是個搗蛋鬼。難道梅多斯不認為應當把這事提交到委員會討論？前天夜裡，南安普敦又遭敵人空襲，損失慘重。梅多斯對西班牙的局勢怎麼看？是不是愈來愈糟？尤其是自從法國淪陷以後。

湯米本來可以放開嗓門，和他們談天說地、議論時局。這種漫不經心的談話真是極好的消遣。那兩個人對目前的形勢發表了一番議論之後，正好該分手了，談話也就此打住。

他在聖守喜門口和他們道別之後，轉身向旅館走去。

他吹著口哨走上車道。

剛拐過杜鵑花叢黑暗的角落，湯米頭上便重重地挨了一擊。他眼前一黑，倒在地上，失去知覺。

／10

「你是叫九墩黑桃，班金索夫人，是嗎？」

是的，班金索夫人叫了個九墩黑桃。史派特太太接完電話之後，上氣不接下氣地跑過來說：「他們又改變檢查防空措施的時間了。真是太糟糕了。」接著她又叫牌。

明頓小姐像平常一樣沒完沒了地嘮叨，耽誤時間。

「我是叫了個九墩梅花嗎？你能肯定嗎？我覺得我是叫了無王牌……哦，是的，當然是。我現在想起來了。凱利太太要七墩紅心，對吧？我打算叫無王牌，儘管我的點數還不夠。但是我認為打牌就得敢冒險……後來凱利太太叫了七墩紅心，我就只好叫了八墩梅花。我認為如果手裡有兩種短套牌，就難打了……」

「我看，」陶品絲心裡想，「乾脆叫明頓小姐把手裡的牌都亮出來，可以省很多時間。這樣她就用不著把手裡那幾張牌都說出來給大家聽。」

「這下子就對了。」明頓小姐得意洋洋地說。
「七墩紅心，梅花二。」
「八墩黑桃。」陶品絲說。
「我沒有叫牌，是嗎？」史派特太太說。
她們都眼巴巴地看著凱利太太，她正俯身向前聽大家談論。明頓小姐接著剛才的話茬說：「然後，凱利太太叫了八墩紅心，我叫了九墩方塊。」
「我叫了九墩黑桃。」陶品絲說。
「我沒叫。」史派特太太說。
凱利太太坐在那兒一語不發。後來，她終於感覺到大家都在看她。
「哦，親愛的，」她臉紅了一下。「真對不起，我在想，也許凱利先生需要我。但願他在陽台上一切都好。」
她看看這個，又看看那個。
「也許……如果您們不介意，我還是去看看他，剛才我聽見有什麼東西響了一下，也許是他把書掉到地板上了。」
她匆匆忙忙看她的丈夫去了，陶品絲深深地嘆了一口氣。
「她應當在手腕子上拴一條線，什麼時候他需要她就拉一下。」
「真是個忠心耿耿的妻子，」明頓小姐說，「看著挺有趣的，不是嗎？」

「是嗎？」

陶品絲沒好氣地說，她的心情一點兒也不好。

三個女人默默地坐了一會兒。

「希拉今天晚上到哪兒去了？」

「她看電影去了。」史派特太太說。

「佩倫娜太太呢？」陶品絲問。

「她說，在房裡算帳呢，」明頓小姐說，「可憐的人，算帳，多累呀！」

「她也不是整個晚上都算，」史派特太太說，「我剛才在前廳打電話的時候，看見她剛從外面回來。」

「真不知道她上哪兒去了，」明頓小姐說。她的生活似乎充滿了驚訝和好奇。「要是不看電影，她們沒有地方可去呀。」

「她連帽子也沒戴，」史派特太太說，「外套也沒穿。頭髮亂蓬蓬的，我覺得她好像剛從哪兒跑回來，氣喘吁吁，一句話也沒說就朝樓上跑去，還瞪了我一眼，真的。但我沒做什麼惹她生氣的事啊。」

凱利太太回來了。

「真想不到，」她說，「凱利先生一個人在花園裡逛。他說，他挺喜歡這樣溜達。夜晚的天氣那麼好。」

她又坐了下來。

「讓我想想看……哦，能再叫一次牌嗎？」

陶品絲強忍著沒有再嘆氣。她們又叫了一次牌，她還是九墩黑桃。

她們正洗牌準備再玩一盤，佩倫娜太太走了進來。

「你散步散得還高興嗎？」明頓小姐問。

佩倫娜太太直直望著她，惱怒的目光咄咄逼人。她說：「我連門都沒出去。」

「唔，可是史派特太太說……你剛從外面回來。」

佩倫娜太太說：「我只是出去看了看天氣。」

她頗為不悅，充滿敵意地看了一眼史派特太太。史派特太太滿臉通紅，似乎有點害怕。

「真想不到，」凱利太太又把她的新聞奉獻給佩倫娜太太。「凱利先生一個人在花園裡逛。」

佩倫娜太太沒好氣地說：「他幹嘛到那兒去逛？」

「今晚夜色太美了。他甚至連第二條圍巾也沒圍，現在還不願意回來。但願他別著涼。」

佩倫娜太太說：「還有比著涼更糟糕的事。炸彈隨時都有可能從天而降，把我們炸個粉身碎骨！」

「哦，天哪！但願別發生這種事。」

「是嗎？我倒希望炸個天翻地覆。」

佩倫娜太太走了出去，四個玩橋牌的人凝視著她的背影。

「她今天晚上怎麼那麼怪。」史派特太太說。

明頓小姐向前探了探身子。

「你們難道沒有看出來……」

她左右看了看，四個人的腦袋立刻聚攏到一起。明頓小姐壓低嗓門，用氣聲說：「你們難道沒發現她喝酒。」

「哦，天哪！」凱利太太說，「難怪！現在就都清楚了。她有時候的確讓人莫名其妙。你是怎麼想的，班金索夫人？」

「啊，我並不這樣認為。我想她是因為什麼事而焦躁不安。該你叫牌了，史派特太太。」

「我的天，我該叫什麼呢？」史派特太太看著自己手裡那幾張牌。

誰也不願意告訴她。明頓小姐以毫不掩飾的好奇盯著她手裡的那把牌，也許會給她點忠告。

「是不是貝蒂在喊我？」史派特太太仰著腦袋問大家。

「不，不是。」陶品絲語氣堅定地說。

陶品絲覺得要是不能繼續玩下去，她簡直要大喊大叫起來。

史派特太太心不在焉地看了一眼手裡的牌——她的心思顯然還在孩子身上——然後說：

「啊……我想，七墩方塊。」

大家輪流叫下去。凱利太太率先出牌。

「人們說，有懷疑的時候就出王牌。」

她一邊嘀嘀咕咕，一邊放下一張方塊九。

她們背後響起一個樂呵呵的聲音。

「啊！真該死，原來你們躲在這兒玩牌！」

奧羅克太太站在窗口。她喘著大氣，一雙眼睛閃閃發光，看起來很狡猾而且不無惡意。

她走進休息室。

「玩橋牌，是嗎？」

「你手裡拿著什麼玩意兒？」史派特太太饒有興趣地問。

「一把榔頭。」奧羅克太太和顏悅色地說。

「我看見它扔在車道上。不知道是什麼人扔在那兒的。」

「榔頭怎麼會扔在那兒？真是怪事。」史派特太太滿腹狐疑地說。

「是呀。」奧羅克太太表示同意。

她似乎心情特別好，手裡晃蕩著那把榔頭向前廳走去。

「讓我想想看，」明頓小姐說，「王牌是什麼來著？」

她們又玩了五分鐘，沒人再來打攪。後來，布萊奇利少校走了進來。他剛看電影回來。

電影的名字叫《吟遊詩人》，布萊奇利少校興致勃勃地給四個女人講起這個發生在理查一世時代的故事。少校作為一個軍人，對十字軍東征的戰鬥場面頗多非議。

決勝局還沒打完，大家便匆匆散去。因為凱利太太看了看手錶，發現已經很晚。她尖聲尖氣地叫喊著，衝出休息室去找她的凱利先生。凱利先生身為被疏忽的病人，對自己的犧牲精神倒是非常讚賞。他用一種低沉陰鬱的聲音使勁咳嗽著、顫抖著，連聲說：「沒關係，沒關係，親愛的。我只希望你現在開心。不要管我。我就是著了涼，凍成冰棍又有什麼？正在打仗嘛。」

§

第二天吃早飯時，陶品絲一下子就感覺到一種緊張氣氛。

佩倫娜太太緊緊地抿著嘴唇，雖然只說了幾句話，但是態度非常尖刻，離開餐廳的時候簡直有點怒氣沖沖。

布萊奇利少校往麵包上厚厚地塗了一層萊姆醬，發出了低沉的笑聲。

「今天的氣氛不大對勁。」他說，「哦，哦，我想，這也是預料中的事。」

「為什麼？出了什麼事？」

明頓小姐非常急切地把腦袋探過去，細長的脖頸因為興奮而快樂地抽動著。

「我這個人從來不在背後講別人壞話！」少校生氣地說。

「哦，布萊奇利少校！」

「請你告訴我們。」陶品絲說。

布萊奇利少校若有所思地看著他的聽眾：明頓小姐、班金索夫人、凱利太太和奧羅克太太。史派特太太和貝蒂剛剛離開餐廳。他決定講出這件事。

「是梅多斯的事，」他說，「這老小子出去花天酒地整整一夜，到現在還沒回來。」

「什麼？」陶品絲驚叫起來。

布萊奇利少校瞥了她一眼，頗有點幸災樂禍。看到這位費盡心機要把梅多斯釣到手的寡婦遭受打擊，他心裡十分舒坦。

「尋花問柳吧，這個梅多斯，」他咯咯地笑著說，「佩倫娜太太當然要生氣。」

「哦，天哪！」明頓小姐說，她的臉脹得通紅。

凱利太太大吃一驚，奧羅克太太只是咯咯地笑。

「佩倫娜太太已經跟我說過了，」她說，「男人嘛，終歸是男人。」

明頓小姐急切地說：「可是也許……也許梅多斯先生遇上了什麼意外事故。城裡有什麼燈火管制，一片漆黑。」

「燈火管制，」布萊奇利少校說，「才是人們大顯身手的好時候。我可以告訴你，要是你參加巡邏隊，一定會大開眼界。你要是讓一輛輛汽車停下盤查，裡面坐的全是一對對要回家的夫妻……身分證的姓氏卻絕不相同。幾個小時後，『丈夫』或者『妻子』便獨自一人開著汽車從另外一條路返回。哈！哈！」

他大聲笑著。看見班金索夫人正憤憤不平地盯著他看，連忙收斂了臉上的笑容。

「這就是人性……有點滑稽，對吧？」他說，故意緩和了一下語氣。

「可是梅多斯先生，」明頓小姐用顫抖的聲音說，「也許他真的遇上了不幸。被車撞了，或者出了什麼別的意外。」

「我想，他也許會編造這樣的故事，」少校說，「被車撞倒在地，直到早晨才醒過來。」

「也許有人已經把他送到醫院裡去了。」

「倘若那樣，他們總會告訴我們一聲。他帶著身分證，不是嗎？」

「啊，天哪！」凱利太太說，「真不知道凱利先生會怎麼說？」

陶品絲的尊嚴好像受到了傷害，還沒等到有人回答這個「修辭性疑問」，就非常高傲地站起來，離開餐廳。

門在她身後關上之後，布萊奇利少校又咯咯地笑了起來。

「可憐的老梅多斯，」他說，「這位可愛的寡婦生氣了。她還以為釣到了這條大魚。」

「啊，布萊奇利少校。」明頓小姐嗔怪道。

布萊奇利少校朝她擠了擠眼睛。

「還記得狄更斯說過的話嗎？當心寡婦，薩米。」

§

湯米突然不知去向，陶品絲感到十分不安。她極力安慰自己，也許他突然發現什麼重大線索，必須追蹤到底。在這種情況下，要相互傳遞訊息非常困難，這他們早有預料。他們約好，如果一個人沒有解釋就不辭而別，另外一個人一定不要過分焦急。為了應急，他們還設計了幾個暗號。

按照史派特太太的說法，佩倫娜太太昨天晚上出去過。她極力否認這一點，但這恐怕只是「此地無銀三百兩」。

也許她參加什麼祕密活動時，正好被湯米盯上。湯米發現了有價值的線索，於是乘機追蹤下去。

毫無疑問，他將按照事先約定好的特別方式和陶品絲聯絡，很快就會回來。

然而，話雖這麼說，陶品絲還是不由得著急。她想，既然自己扮演了班金索夫人這樣一個角色，表現出某種好奇甚至焦急也在情理之中，所以她毫不猶豫，徑直找佩倫娜太太打聽這件事。

談到這個話題，佩倫娜太太很不客氣。她說，房客這種夜不歸宿的行為令人無法容忍，也是不能不予置理的。陶品絲急急地說：「可是他也許碰到了什麼意外。我敢擔保，他是出事了。他不是那種人……那種尋花問柳的酒色之徒。他一定是被車撞了或出了什麼事。」

「到底怎麼回事，也許一會兒就知道了。」佩倫娜太太說。

但是時間一分一秒過去了，還是沒有梅多斯先生的影子。

傍晚，佩倫娜太太在房客們的一再請求下，勉強同意給警察局打電話報案。

一位警察拿著一個筆記本來旅館做了一番調查，證實了一些情況：梅多斯先生十點半離開海多克隊長的公館。從那兒和沃爾特斯先生、柯蒂斯醫生一直走到聖守喜大門口。他在門口和他們道別，然後轉身走上車道。

那以後，梅多斯先生就消失得無影無蹤。

陶品絲經過一番分析，覺得有兩種可能性。

走上車道，湯米也許看見佩倫娜太太向他迎面走來。他趕緊藏到樹叢裡，然後悄悄地跟蹤她。看到她和另外一個陌生人約會之後，他轉而跟蹤那個人，佩倫娜太太則返回聖守喜。倘若是這種情況，他還活著的可能性極大，而且現在正在跟蹤那個人。如果這樣，警方追查他的下落就多餘了。

另外一種可能就不那麼樂觀了。兩幅畫面不停地在她眼前晃動：一幅是佩倫娜太太從外面回來，「氣喘吁吁，頭髮蓬亂」；另外一幅是奧羅克太太站在窗口，手裡拿著一把沉甸甸的榔頭。

這把榔頭包含著一種十分可怕的可能性。

為什麼一把榔頭會平白無故扔在外面？

至於是誰揮舞著這把榔頭要置湯米於死地就更難猜測了。最重要的依據應該是佩倫娜太太回旅館時的準確時間。十點半的時候，她一定在不遠的什麼地方。遺憾的是，她們幾個人只顧打橋牌，誰也沒看佩倫娜太太回來時是幾點。佩倫娜太太一口咬定她是出去看天氣。可是只看看天氣還會氣喘吁吁嗎？而且，她顯然因為被史派特太太看見而氣惱萬分。正常情況下，四個女人一定是忙著打牌，誰也不會離開牌桌幹別的事情。所以，被人撞見，佩倫娜太太一定覺得自己挺倒楣。

那時到底是幾點幾分呢？

陶品絲發現誰也說不出個所以然。

如果時間能對上，佩倫娜太太顯然值得懷疑。不過也不能排除別的可能性。聖守喜的房客在湯米回來的那一段時間中，有三個人在外邊。布萊奇利少校看電影去了，但他是一個人去的，回來之後給四個女人大講特講那部電影的每個細節，也許正是為了掩蓋自己當時在犯罪現場的事實。

還有那個一天到晚病歪歪的凱利先生，當時一個人在花園裡到處逛。要不是凱利太太對自己的丈夫傾注了太多的愛，急匆匆地去找他，誰都以為他還裹著毯子在陽台上坐著，絕對想不到他居然在花園裡溜達（這和他平常的表現大相徑庭。他這個人是絕對不會甘願長時間呼吸夜晚被汙染了的空氣）。

還有奧羅克太太，晃著手裡的榔頭，獰笑著……

§

「怎麼回事，黛比？你怎麼看起來心神不定，親愛的。」

黛博拉．貝里福嚇了一跳，然後望著托尼．馬斯頓那雙充滿同情的褐色眼睛笑了起來。她喜歡托尼。他有頭腦，是破譯部門新手中最聰明的一個。大家都認為他大有前途。

黛博拉很喜歡自己的工作，儘管因為需要全神貫注而常常搞得精疲力竭。工作很累，但很有價值，因此她總是有一種舉足輕重的感覺。這是一件真正的工作，不像別的女孩子要在醫院等待好長時間，才能得到一個看護傷員的機會。

她說：「哦，沒什麼。只是點家務事。」

「家務事才惹人心煩呢！你到底怎麼了？」

「是我媽。說實話，我挺替她擔心。」

「為什麼？出什麼事了？」

「啊……你看，她告訴我，她去康沃爾郡探望我的一位姨婆去了。老太太七十八歲，老糊塗了。」

「聽起來夠難為你媽的了。」小夥子滿懷同情地說。

「是的。媽媽這個人的確很棒。只是因為在這場戰爭中沒有人用得著她，心情不好。在一次大戰中，她當過戰地護士，還做過別的事。但現在情況不同了，軍隊不需要他們這些中年人，只需要我們這種靈活的年輕人。所以媽媽很沮喪，就到康沃爾侍候姨婆去了。平常她還照料一下花園裡的花花草草、種點菜。」

「挺不錯嘛。」托尼說。

「是的。她這個人總是閒不住。」黛博拉說。

「這樣就好。」

「是呀。可是事情並不像我想的那樣。我對她一直很放心。兩天前還收到她一封信，看起來一切都好。」

「既然這樣還有什麼好擔心的？」

「事情是這樣的，查爾斯前幾天要到康沃爾探望他的父母，我就求他順便去看一下我的母親。他去了。可是我媽不在那兒。」

「不在那兒？」

「不在。而且她壓根就沒去過康沃爾！」

托尼有點疑惑不解。

「是挺奇怪的，」他喃喃著說，「那麼，你爸在哪兒呢？」

「你是說我的紅髮老爸？他在蘇格蘭。那些倒楣部門中的某個分部，只是一天到晚整理文件，抄抄寫寫。」

「也許你媽上他那兒去了。」

「不可能。他去的那個地方不能帶妻子。」

「哦，啊……我想她一定是溜到哪兒去了。」

托尼越發不自在起來，因為黛博拉一雙美麗的大眼睛正焦急地望著他。

「是溜到哪兒去了。可是為什麼呢？這件事太奇怪了。她給我的信都在說格雷西姨婆、她家的花園和那些婆婆媽媽的事。」

「我知道，我知道，」托尼連忙說，「當然，她想讓你相信她是在你姨婆家。可是……我是說，現代人常常一會兒跑到這兒，一會兒跑到那兒……要是你明白我的意思的話……」

黛博拉焦躁不安的凝視突然充滿了憤怒。

「你要是認為媽媽和什麼人一塊兒過週末去了，那可是大錯特錯。我媽和我爸相互之間非常忠誠……真正的心心相印。我們家是不會出那種事的。她絕不會……」

托尼連忙說：「當然不會。對不起，我不是那個意思……」

黛博拉的怒氣漸漸平息了。她皺著眉頭說：「更奇怪的是，前幾天有人說他們在利漢普敦見過我母親。我一口咬定絕對不可能，因為她在康沃爾。可是現在……」

托尼手裡捏著一根火柴正要點燃叼在嘴裡的香菸，突然停了一下，火柴滅了。

「利漢普敦？」他驚訝地說。

「是的，那是媽媽最不可能去的地方。她到那兒沒有任何事可做。那是老公公、老婆婆休閒度假的地方。」

「當然不像是她應該去的地方。」托尼說。他點著香菸，漫不經心地問：「一次大戰時，你媽是幹什麼的？」

黛博拉回答道：「哦，當過護士，給一位將軍開過車。我是說，她是在部隊，當然不是公共汽車司機。還有其他雜七雜八的事。」

「我想，也許她和你一樣，也在情報部門工作。」

「噢，媽媽可沒有做這種事的頭腦。不過，她和爸爸的確做過偵探工作，像祕密文件、地下人員諸如此類的事情。當然，老兩口有點誇大其詞，好像他們幹過什麼驚天動地的大事業。我們並不喜歡他們大談特談自己的過去。因為你知道……家裡人總是喜歡把那些當年勇講上一遍又一遍。」

「可不是嘛，」托尼・馬斯頓很真誠地說，「我完全同意你的意見。」

第二天，黛博拉回到單身宿舍，驚訝地發現她的房間有點變樣。

她愣愣地站了好幾分鐘才弄清楚發生了什麼事。她按電鈴叫來女房東，問她平常擺在五斗櫃上的大照片怎麼不翼而飛了？

羅利太太又委屈又生氣。

她不知道怎麼回事。她連動都沒動過那張照片。也許格拉迪斯……

可是格拉迪斯矢口否認。會不會是來換煤氣的人幹的？羅利太太滿懷希望地說。

黛博拉不相信煤氣公司的工人會對一個中年婦人的照片發生興趣，乃至於把它偷走。黛博拉認為，很可能是格拉迪斯打碎了相框，然後為了逃避責任，乾脆連那裡面的照片也處理掉了。

黛博拉對這件事情沒有深究。心裡想，以後再和媽媽要一張照片就得了，沒有必要得理不饒人。

只是媽媽的事讓她愈想愈煩。

「這老婆婆上哪兒去了？她應當告訴我的。托尼的說法完全是胡扯。她絕對不會跟什麼人跑了。但究竟怎麼回事，真是令人百思不得其解……」

／11

這一次該陶品絲和防波堤盡頭那位釣客接頭了。

她滿懷希望，格蘭特先生或許能給她帶來一點安慰，可是這個希望立刻化為烏有。格蘭特明確告訴她，沒有任何關於湯米的消息。

陶品絲盡量克制自己，用公事公辦的口吻平靜地問：「有沒有什麼理由證明他已經……出事了？」

「還沒有。不過，我們應該假設他已經出事了。」

「什麼？」

「我是說，假定他已經出事了，你該怎麼辦？」

「哦，我明白了。我……當然要繼續下去。」

「這就對了！等到戰爭結束再難過傷心吧。我們現在正處於最關鍵的時刻。已經沒有多少時間了。你知道，我們提供的一份情報已經得到證實。你上次從電話裡偷聽到的『四』，是指下個月四號。這是敵人向我們發起大規模攻擊的日子。」

「你能肯定嗎？」

「絕無差錯。他們……我們的敵人辦事井井有條。所有的計畫都制定得非常周密，而且付諸實行。真希望我們自己也能如此自豪。制定計畫不是我們的強項。是的，四號就是這個重大的日子。目前的空襲並不是他們的真實意圖，只是對我們的防禦能力做偵察和試探。四號才是玩真的。」

「可是，如果你知道……」

「我們知道日子已經確定。我們知道，或者以為知道他們大體上從哪兒進攻——當然，也可能判斷失誤——並且已經盡可能做了準備。我們現在的情況和木馬屠城記的故事非常相似。敵我雙方對表面上的力量都知悉。我們想弄明白的是暗藏的敵人。藏在木馬肚子裡的人！因為他們把城門鑰匙拱手交給敵人。一小撮盤踞在要害部門、上層指揮機關的壞蛋可以發布和作戰計畫完全相反的命令，使我們陷入混亂……這正是德國人要想取得成功的必然途徑。我們一定要及時得到內部情報。」

陶品絲絕望地說：「我覺得自己很沒用，力不從心，缺乏經驗。」

「你不必著急。我們有不少有經驗的人在工作。他們有經驗，也有能力。可是如果內部有叛徒，我們也不知道該信任誰。你和湯米是非正規部隊的人，誰都不知道你們，所以大有成功的機會，這也正是你們已經取得一定成功的原因。」

「你能不能派你的人調查一下佩倫娜太太？你總有幾個可以絕對信任的人吧？」

「噢，這件事我們已經在進行了。有關部門已經查明，佩倫娜太太是愛爾蘭共和軍的成員，有反英傾向，但僅此而已，沒有發現別的證據，沒有我們急需的情報。所以你得堅持下去，貝里福夫人，一定要查個水落石出。」

「四號，」陶品絲說，「只剩下一個星期了？」

「整整一個星期。」

陶品絲緊緊握著一雙拳頭。

「我們必須成功！我說我們，是因為我相信湯米找到了重要線索。這正是他沒有回來的原因，他一定在跟蹤一個重要人物。如果我也能發現什麼……可是要從哪兒下手呢？如果我……」

她皺著眉頭，盤算一個新的進攻計畫。

§

「你知道，艾柏，這是一種可能性。」

「我明白你的意思，夫人。但是我得說，我不大喜歡你這個主意。」

「我想會有用的。」

「是的，夫人，可是這樣做會暴露你自己，所以我不同意……而且我敢肯定，先生也不會同意。」

「我們已經試過所有可用的方法，也就是說，在隱蔽的情況下查探。但現在就我看來，唯一的機會就是站出來進行。」

「你知道，夫人，這樣做就失去了你的優勢。」

「艾柏，你今天下午說話怎麼淨像BBC的人。」陶品絲氣惱地說。

艾柏有點尷尬，又像平常那樣說起話來。

「昨天晚上我聽了一個介紹池塘生態的節目，十分有趣。」他解釋說。

「我們現在沒時間探討什麼池塘生態。」陶品絲說。

「貝里福上尉在哪兒？這是我急於知道的。」

「我也急於知道。」陶品絲說，心裡感到一陣疼痛。

「這件事看起來很不對勁。他怎麼可能一句話也不留就突然失蹤了呢？至少他應當給你送個暗號過來。正因為這樣……」

「說下去，艾柏。」

「我的意思是，如果他的身分已經暴露，你就更應該隱蔽了。」

他停頓了一下，盡量把想法整理得有條有理。

「我是說，或許他們已經識破了他，可是還沒識破你……所以，你必須繼續偽裝下去。」

「但願我能盡快拿定主意。」陶品絲嘆了一口氣說。

「你有沒有一個初步的方向，夫人？」

陶品絲若有所思地喃喃著。

「我想，我可以假裝丟了一封剛寫好的信，為此寢食不安，而且搞得盡人皆知。後來，我在前廳找到了這封信，因為那位名叫貝翠斯的女僕把它放到前廳的桌子上去了。然後，我們想找的那個人就該露面了。」

「你在信裡寫些什麼呢？」

「噢，大致如此，我已經發現了那個『有問題的人』，明天我會親自詳細彙報。這樣一來，艾柏、N或M就會公開出手，除掉我。」

「是的，而且也許他們會得手，真把你給殺了。」

「只要我提高警覺，有所準備，他們就不一定能得逞。我想他們會把我引到一個僻靜的地方。那時候你就可以出場了……因為他們對你一無所知。」

「這麼說，我可以跟過去，把他們當場擒獲？」

陶品絲點了點頭。

「這個主意還不錯，不過我得仔細考慮考慮。我明天再來見你，好嗎？」

§

陶品絲夾著別人向她推薦的一本「好書」，剛走出地區圖書館，就聽見有人喊她：「貝里福夫人。」

她連忙轉頭，看見一個皮膚黝黑的高個子年輕人正不好意思地朝她微笑著。

他說：「哦，或許你不記得我了。」

陶品絲對這種伎倆瞭如指掌，她甚至連他下一句話會說什麼也能準確地猜出來。

「我，我……有一天，和黛博拉去過府上。」

黛博拉的朋友！她的朋友很多，在陶品絲看來，好像長得都差不多。有的像這個小夥子一樣皮膚比較黑，有的則比較白，還來過一個紅頭髮的。他們都舉止得體，很有禮貌，只是按照陶品絲的標準，他們的頭髮都有點長。每逢她發表這種「異論」，黛博拉就說：「啊，媽媽，現在不是一九一六年了。我可受不了短頭髮。」

碰上黛博拉的一位年輕朋友，還被他認了出來，陶品絲非常氣惱。不過，她也許很快就能把他甩掉。

「我是托尼．馬斯頓。」年輕人說。

陶品絲支支吾吾地說：「啊……是的。」

他們握了握手。

托尼・馬斯頓繼續說：「找到你真高興，貝里福夫人。您知道，我和黛博拉是同事。可最近發生了一件十分蹊蹺的事。」

「是嗎？」陶品絲說，「什麼事？」

「啊，你知道，黛博拉已經發現你不在康沃爾。這樣一來，就有點尷尬了，不是嗎？」

「哦，真討厭。」陶品絲說，又連忙問：「她是怎麼知道的？」

托尼做了一番解釋，然後又怯生生地說：「黛博拉搞不懂您到底在幹什麼？」他小心謹慎地停了一下，接著說：「我想，不讓她知道，這一點對於您也許很重要。我的工作實際上和您是同一戰線。大家都以為我是一位初學破譯密碼的人，實際上，我的任務是故意散布一些對法西斯表示好感的言論……對德國的社會制度表示讚賞，暗示和希特勒合作不是一件壞事，然後看別人做何反應。結果發現大勢不妙。要把那些隱藏在最底層的敵人挖出來，還得費一番周折。」

哪裡都一樣慘，陶品絲心裡想。

「黛比一跟我提到您，」年輕人繼續說，「我就覺得應該直接找您，提醒您編一個更像回事的故事給她聽。您知道，我正巧知道您在執行的任務，而且知道這項任務極其重要。您如果露出一點破綻，都會帶來不可估量的損失。我想，也許您可以裝作到蘇格蘭找貝里福上尉去了。也許您可以說，上級允許您到那兒和他一起工作。」

「我也許會這樣說。」陶品絲若有所思地說。

「您不會覺得我多管閒事吧？」

「不，不，我很感謝你。」

托尼結結巴巴地說：「我……您知道，我很喜歡黛博拉。」

陶品絲覺得好玩地瞥了他一眼。

向黛博拉獻殷勤的人很多。她對他們的態度雖然有點粗魯，但也還是趕不走他們。然而那一切已彷彿是發生在一個遙遠的世界。

不過，這個小夥子倒是挺吸引人的。

陶品絲把她稱之為「承平時期的想法」拋到腦後，又把思想集中到眼前的急務上。

過了一會兒，她慢吞吞地說：「我的丈夫不在蘇格蘭。」

「不在蘇格蘭？」

「不在。他一直和我在這兒……至少前幾天還在，可是現在，他失蹤了。」

「我的天，這可太糟了。他是不是已經發現了什麼祕密？」

陶品絲點了點頭。

「我想是這樣的。所以，我不覺得他的失蹤是個惡兆。我想，他遲早會和我聯繫……以他自己的方式。」她臉上露出一絲微笑。

托尼有點不安地說：「當然，您們做這種事駕輕就熟。但還是小心謹慎為上。」

陶品絲點了點頭。

「我知道你的意思。書裡寫的那些漂亮女英雄總是很容易便被引出來。可是湯米和我有我們自己的方法。我們有個暗號，」她微笑著說，「『一便士平淡無奇，兩便士大放光彩』。」

「什麼？」

年輕人直盯著她，好像她瘋了似的。

「我應當解釋一下。我在家裡的綽號是『兩便士』。」

「哦，我明白了。」年輕人舒展開眉頭。「妙極了。」

「希望是吧。」

「我並不想介入……可是，我能幫你點什麼忙嗎？」

「唔，」陶品絲若有所思地想了想。「我想，你也許可以。」

／12

過了好長好長的時間，湯米覺得彷彿有個火球在蒼穹中遊動，火球正中是個疼痛的核心。蒼穹在縮小，火球愈遊愈慢，他突然發現，那個核心正是他疼痛欲裂的腦袋。

漸漸地他開始感覺到別的東西……冰冷麻木的四肢、饑餓和無法動彈的嘴唇。

火球旋轉得愈來愈慢，愈來愈慢……現在它已經變成湯瑪士·貝里福的腦袋，而且落在堅硬的土地上，非常堅硬的土地。事實上，可能是石頭之類的東西。

是的，他正躺在堅硬的石頭之上，渾身疼痛，動彈不得，饑餓難忍，遍身冰冷，很不舒服。

儘管佩倫娜太太那家旅館的床鋪一向不太軟，但也不可能……

啊……海多克！無線電發報機！德國男僕！在聖守喜門口轉了一個彎……

有人從後面撲上來，把他打倒。這就是他頭痛的原因。

他以為帶著那個祕密順利逃出了虎口。但海多克畢竟不是傻瓜。是海多克打的嗎？他明明看見他回到「走私天堂」，聽見他砰地一聲關上屋門。他怎趕得及跑過那段山路，在聖守喜門口給他一個突襲？

不可能是他。他不可能跑過那段路程而不被湯米看見。

那麼，是那個男僕？海多克要他提前趕到聖守喜，埋伏在門口。但湯米從前廳走過時，親眼看見那位阿柏道正在餐廳裡忙著擺刀叉。那要嘛就是他自己的幻覺，看錯了人。或許這是唯一的解釋。

不過，這一切已經無關緊要。現在最重要的問題是搞清楚自己身處何方。

他的眼睛漸漸習慣了周圍的黑暗，在昏暗中他看出這是一間小小的斗室，小窗上裝著鐵柵，陰冷的空氣中有一股霉味。這八成是一個地下室。他的手和腳被緊緊地捆綁著，嘴上貼著一條繃帶。

湯米心裡想，以為我還能從這兒跑出去似的。

他掙扎著想動動四肢什麼的，但是沒能成功。

就在這時，彷彿從遠處傳來了一陣吱吱嘎嘎的響聲，他身後的一扇門開了。有個人手裡拿著一根蠟燭走了進來。他把蠟燭放在地上。湯米認出是阿柏道。阿柏道走了。過了一會兒再回來的時候，手裡端著一個托盤，盤子裡放著一壺水、一個杯子、幾片麵包和一些乳酪。

他彎下腰試了試捆綁他的繩索，又摸了摸黏在他嘴上的繃帶。

他用非常平靜的聲音說：「我準備給你鬆綁，這樣你才能吃東西。但如果你發出一點點響聲，我馬上就把你重新捆上。」

湯米想點點頭，但是根本動彈不了，於是只好使勁眨了幾下眼睛表示同意。

阿柏道領會了他的意思，小心翼翼地解開繃帶。

湯米的嘴巴自由了，他趕快扭動扭動下顎。阿柏道把水送到他唇邊。嚥下第一口時，他費了好大力氣，以後稍稍好一點。喝下這杯水，他覺得舒服了許多。

他活動著僵硬的嘴巴，喃喃道：「這下子好多了。我已經不再年輕了。現在讓我吃東西吧，佛立茲，還是佛蘭茲？」

那人心平氣和地說：「我的名字叫阿柏道。」

他把麵包和乳酪送到湯米嘴邊，早已饑腸轆轆的湯米貪婪地咀嚼著。

就著冷水吃完東西之後，他問道：「下一個節目是什麼？」

阿柏道撿起扔在地上的繃帶。

湯米連忙說：「我要見海多克隊長。」

阿柏道搖了搖頭，非常俐落地堵好湯米的嘴，揚長而去。

湯米只能在黑暗中沉思默想。一陣開門聲把他從昏睡中驚醒。這次海多克和阿柏道一起走了進來。他們取掉塞在湯米嘴裡的繃帶，又給他解開手臂上的繩子。湯米掙扎著坐起來，舒展了一下雙臂。

海多克手裡拿著一把自動手槍。

雖然湯米心裡沒把握，還是決定把先前的角色極力扮演下去。

他氣憤地說：「喂，海多克，你這是什麼意思？你為什麼要……綁架我……」

隊長輕輕地搖了搖頭。

他說：「別費力氣，沒有必要。」

「僅僅因為你是我們的地下工作人員，你就認為自己可以為所欲為……」

海多克又搖了搖頭。

「不，不，梅多斯。你並沒有相信那個說法，不要再假裝了。」

湯米沉著鎮靜，沒有露出被人揭穿之後的尷尬。他在心裡告訴自己，海多克對他的身分並沒有把握，如果繼續扮演下去……

「你以為你是什麼東西？」他憤怒地說，「不管地位多高，你也沒有權利這樣對待我。我保證可以替你保守祕密。」

海多克冷冰冰地說：「你表現得相當不錯，但我可以告訴你，你是英國情報部的人員，還是一個傻頭傻腦的業餘人士，對我都已經無關緊要了。」

「你他媽的胡說些什麼……」

「住嘴，梅多斯。」

「你聽我說……」

海多克把一張凶惡的臉湊過去，惡狠狠地說：「住嘴，混蛋！如果再早幾天，我還有必要弄清楚你是誰、是誰派你來的；但現在已經無所謂了。你知道，已經沒有多少時間了。你再也沒有機會把你發現的祕密告訴任何人。」

「只要有人向警察局報告我失蹤的消息，他們就會到處找我。」

海多克突然咧開嘴笑了，露出一口白牙。

「今天晚上還有警察來過我這兒，他們都是我的朋友。他們向我詳細詢問了梅多斯先生的情況，對他的失蹤非常關心。還問我他那天晚上看起來怎麼樣？都說了些什麼？他們作夢也不會想到——哪想得到呢——他們正要找的那個人就在他們腳下，就在他們坐著的那個房間下面。事情很明顯，你離開我這兒的時候健健康康、活蹦亂跳。他們永遠也想不到要來這兒找你。」

「你不能永遠把我關在這兒。」湯米激動地說。

海多克又恢復了那種非常英國化的風格。

「沒有那個必要，親愛的朋友。明天夜裡就會有一條船來到我的小海灣。為了你的身體健康著想，我們準備讓你坐著這條船揚帆遠航。雖然實際上我不認為你能活到抵達目的地。就連那時候你在不在船上也還是個未知數呢！」

「我不明白你們為什麼不把我一榔頭就打死呢？」

「天氣太熱了，親愛的朋友。有時候，我們的海上交通會中斷。如果碰上這種情況，船一下子來不了，死屍會散發出臭氣。」

「我明白了。」湯米說。

他的確明白了。海多克的打算一清二楚。船來之前，他們還得讓他活著；船一來就把他殺死或者用麻醉劑把他麻醉，然後把他的屍體丟進大海。日後即使被人發現了，也和「走私天堂」沒有任何關係。

「我來這兒只是為了問你，」海多克繼續說，語氣非常平和。「有什麼要為你做的事情……那之後？」

湯米想了想，說：「謝謝……我不會求你把我的一縷頭髮送給『聖約翰森林』那個小女人，或者這類的事。發薪水的日子，也許她會想起我，但恐怕她很快就會在別的地方求得安慰。」

他覺得他要不惜一切代價造成一種印象，那就是他一直是單獨行動。只要他們不懷疑陶品絲，那即使沒有他的參與，這場比賽也還有贏的希望。

「隨你的便，」海多克說，「如果你的確想給你的……朋友通個消息，我們會設法讓你完成心願。」

這麼說，他還是想對這個不知來歷的梅多斯先生有所了解。很好。湯米會讓他繼續胡猜亂想下去。

他搖了搖頭，說：「算了，沒有必要了。」

「好吧。」

海多克臉上一副非常冷漠的表情。他朝阿柏道點了點頭。阿柏道又捆上他的手，黏住他的嘴。然後兩個人一起走出地下室，把門鎖上。

湯米心中五味雜陳，就差振奮不起來。他不僅面對了隨時可能降臨的死亡，更讓人遺憾的是，他沒有辦法把已經發現的重要線索透露出去。

他的身子動彈不得，腦子也十分遲鈍。剛才是不是應該利用海多克給什麼人通個消息呢？如果頭腦靈活一點……可是那時候他腦子裡一片空白。

當然，還有陶品絲在。但她能做些什麼呢？正如海多克剛才指出的，湯米的失蹤和他不會有任何關係。他已做得天衣無縫。湯米離開「走私天堂」的時候狀態完好。這一點，那兩個和他一路回到聖守喜的人可以證實。陶品絲就算懷疑什麼，也不會懷疑到海多克頭上。何況她也許壓根就不曾起疑，她一定以為他正在跟蹤什麼人。

他媽的，當初要是警覺性高一點就好了。

地下室裡有一絲亮光，是從上面牆角的鐵柵小窗照射進來的，要是能取掉貼在嘴上的繃帶就好了。他可以呼救，或許有人會聽見……儘管這種可能性極小。

接下去的半個小時，他不斷扭動著，試圖掙脫身上的繩索，咬斷貼在嘴上的繃帶。然而只是白費力氣，他們是行家。

他判斷已經是下午稍晚，海多克一定出去了，外面連半點響聲也沒有。

也許他正在打高爾夫球，或者坐在俱樂部裡一邊啜飲雪利酒，一邊高談闊論：「前天晚上還和我一起吃飯，看起來一切正常，怎麼突然之間消失得無影無蹤。」

湯米因為憤怒而扭動著身體。啊！海多克那副地地道道的英國人作風！難道人們的眼睛都瞎了，看不出他那個彈頭似的普魯士人腦袋？他自己也沒看出來。一流演員有多好的脫身機會啊！

就這樣，他失敗了，可恥地失敗了。像一隻被人家緊緊捆綁的雞，誰也猜不出他到底在哪兒。

陶品絲要是有第六感就好了。也許她會產生懷疑。有時候，她的確有超人的洞察力。

這是什麼？

他豎起耳朵，聽見一個彷彿是很遙遠的聲音。

有人在哼一首歌。

可是他躺在這兒，沒有辦法發出半點響聲，吸引任何人的注意力。

歌聲愈來愈近，可惜唱得一點也不好聽。

不過雖然唱走調，還是能聽出那是一次世界大戰時人們愛唱的一首歌。現在硝煙瀰漫，這首歌又流行起來。

「如果你是世界上唯一的女孩，我就是那唯一的男孩。」

他在一九一七年唱過多少次這首歌！

這個傢伙音感真爛！為什麼他總唱不準呢？

突然，湯米渾身緊張起來。這個走調好熟悉啊！只有一個人總在這個地方唱走調！

「啊，天哪！艾柏！」湯米心裡一亮，想起來了。

艾柏正在「走私天堂」徘徊。艾柏近在咫尺。可是他躺在這兒，手腳被緊緊地捆著，連一點兒聲音也發不出來……

等一下，是他嗎？

他還能發出一種聲音……雖然不像張開嘴巴時那麼容易，但是總還可以發出來。

於是，湯米開始拚命打呼。他閉上眼睛，假裝睡覺，以防萬一阿柏道進來，也不會露出破綻。

「呼嚕，呼嚕，呼嚕……」停下。「呼嚕嚕，呼嚕嚕，呼嚕嚕……」停下。「呼嚕，呼嚕，呼嚕……」

§

艾柏和陶品絲分手之後，心裡輾轉難安。

隨著歲月的流逝，他已經變成一個反應緩慢的人，但這些反應又總是縈繞在心頭，揮之不去。

他覺得整個局勢很不對勁。

這場戰爭從一開始就大錯特錯。

那些德國人，希特勒，踏正步走過閱兵台，準備蹂躪整個世界！轟炸，機關槍掃射。這使他們成了可怕的瘟疫。必須阻止他們，除此之外，沒有別的出路。可是到目前為止，似乎還沒有人能阻止他們。

現在貝里福夫人——一位好得不能再好的婦人——又捲入了這場麻煩，而且看起來還在找更大的麻煩。該怎樣阻止她呢？他似乎無能為力。現在他們是和第五縱隊鬥法。那真是些令人作嘔的傢伙。他們當中有的還是土生土長的英國人呢！真是天大的恥辱！

過去，總有湯米在制止陶品絲魯莽的行動。可是現在，湯米不見了。

這種局面真讓艾柏頭痛。在他看來，隱蔽在最底層的一定是「那些德國人」。

是的，看起來情況很糟，他必須進去攪和一次。

艾柏不是一個長於推理的人。他像大多數英國人一樣，總憑直覺在一片混亂中摸索，直到整理出事物的本質。了解到必須盡快找到他的老闆湯米之後，艾柏像一條忠實的狗，開始四處尋找。

他並沒有一個固定的想法，而是像他太太找不著手提包或者他自己找不到眼鏡時那樣，用一種最原始的辦法開始搜尋。也就是說，從最後一次看見他的地方找起。

按照這個辦法，他開始回溯歷史……湯米失蹤前曾經和海多克隊長一起在「走私天堂」

吃飯，再回到聖守喜，進了這家旅館的大門之後，便沒了蹤影。

於是艾柏爬上小山，一直走到聖守喜門口，花了大約五分鐘時間，直盯著那兩扇大門。沒有東西讓他產生靈感。他嘆了一口氣，慢慢地向坐落在另外一座小山丘上的「走私天堂」走去。

上個星期，艾柏也到麗華電影院看了電影《吟遊詩人》。影片充滿浪漫色彩，它所表現的主題給他留下深刻印象。艾柏不由得想到，他現在的處境和那部電影裡的主角十分相似。忠心耿耿的拉利．庫珀尋找他被監禁的主人。像拉利．庫珀一樣，他曾經與主人一同奮戰。現在除了他，再沒有別人能找得到他，並且把他送回貝倫格麗雅王后的懷抱。

艾柏深深地嘆了一口氣，想起那位忠心耿耿的吟遊詩人在一座又一座塔樓下深情吟唱：

「啊，理查，我的國王。」

可惜他不善歌唱。

他花了好長時間才找對一個調子。

他噘著嘴唇吹起口哨。

吹起那支現在又流行起來的老曲子。

「如果你是世界上唯一的女孩，我就是那唯一的男孩……」

艾柏停下腳步打量「走私天堂」潔白的大門。這就是他的老闆失蹤前用餐的地方。

他一直走上山頂，向周圍的一座座山丘放眼望去。什麼也沒有。除了草地和幾頭綿羊，什麼也沒有。

「走私天堂」的門開了，一輛汽車開了出來。一個身穿高爾夫球俱樂部燈籠褲的壯漢開著汽車向山下駛去。

「看來，他就是海多克隊長。」艾柏心裡想。

他慢慢地順著山坡向下走去，邊走邊注視著「走私天堂」。這地方不大，但建築十分精巧，花園也很漂亮，景色挺美。

艾柏用和善的目光看著這座寧靜的宅第。

「有那麼多美妙的事情要向你訴說。」

他還在哼那首歌。

這時候，有個人從那棟房子的旁門走了出來。他扛著一把鋤頭，消失在小門那邊。

艾柏在自家後院裡種著旱金蓮和生菜，所以對眼前的田園風光突然產生了興趣。

他走近「走私天堂」，從敞開的大門穿了進去。真是一個小巧、別致的地方。

他慢慢兜著圈子。順著台階走下去，那是一塊平鋪的土地，種著各種蔬菜，剛才從屋裡出來的那個人正在那兒忙碌。

艾柏興致勃勃地看了那個人幾分鐘，又轉過頭打量起這棟房子。

一個小巧別致的地方，他第三次在心裡這樣想，正是一個退休海軍軍官喜歡居住之處。

那天晚上，他的老闆正是在這兒吃飯。

艾柏繞著那棟房子轉了一圈又一圈。他就像看待聖守喜的大門一樣，滿懷希望地看著這棟房子，好像它可以告訴他什麼。

他一邊走一邊輕輕哼著那首歌……二十世紀的拉利．庫珀在尋找他的主人。

「有那麼多美妙的事情要做，」艾柏哼唱著，「有那麼多美妙的事情要向你訴說。有那麼多美妙的事情要做……」

是不是什麼地方唱錯了？他以前也經常哼這首歌。

哈，真滑稽，莫非隊長還養豬？他聽見一陣呼嚕聲。真怪……好像是從地底下傳出的。那可不是養豬的地方。

不會是豬，不會。是有人在睡覺。看起來是在地下室睡覺……

在這種天氣睡覺打呼並不奇怪，奇怪的是這個睡覺的地方。艾柏像一隻嗡嗡嗡的蜜蜂，一邊哼那首歌，一邊向發出聲音的地方走去。

聲音是從一個極不起眼的鐵柵小窗傳出來的。呼嚕，呼嚕，呼嚕……呼嚕嚕，呼嚕嚕，呼嚕嚕……呼嚕，呼嚕，呼嚕。這呼嚕聲可真奇怪！艾柏突然想起了什麼……

「啊！」艾柏在心裡說，「這是……這是呼救的信號！摩斯電碼SOS！三短音，三長音，再三短音。」

他飛快地朝四周瞥了一眼。

然後跑下來，在地下室小窗的鐵柵欄上敲出一個暗號。

／13

儘管陶品絲上床睡覺時心情很好，但到了黎明時分——人們的情緒最容易降到最低點的時候——她還是輾轉反側，難以成眠。

下樓吃早飯時，陶品絲看見她的盤子裡放著一封信，信封上的字向左傾斜，似乎是費了好大的勁才寫上去的。陶品絲看了精神為之一振。

這封信不是道格拉斯、雷蒙或者西禮寫來的，也不是為了掩護她而由有關部門按時寄來的信函……他們今天已寄來一張色彩明快的明信片，上面潦潦草草寫著一行字：「對不起，此前一直沒有寫信給你。一切都好，莫德。」

陶品絲把明信片扔到一邊，拆開那封信。

親愛的派翠西：

格雷西姨媽今天的情況更糟了。儘管醫生們並沒有說她每況愈下，但我覺得她已經沒有恢復的希望了。如果你還想在她死前見她一面，最好今天來一趟。如果你搭乘十時二十分的火車到亞羅，有位朋友將開著他的汽車到車站接你。

非常希望再次見到你，親愛的，儘管要你來是為了一件讓人傷心的事情。

伊平斯・賓東奇

陶品絲高興得差點沒跳起來。

啊！這個署名是她和湯米的暗號——「一便士平淡無奇」的諧音。

她好不容易才裝出一副悲傷的樣子……放下那封信的時候，深深地嘆了一口氣。

她向那兩位深表同情的聽眾奧羅克太太和明頓小姐，透露了這封信的內容，還將格雷西姨媽的個性大肆渲染了一番：她不屈不撓的精神，對空襲和其他危險視而不見。可惜格雷西姨媽終究被病魔擊敗。明頓小姐對格雷西姨媽到底得了什麼病很感興趣，還拿她的堂妹塞莉娜的病症做了一番比較。陶品絲一會兒說格雷西媽得的是糖尿病，一會兒說似乎是水腫，自己也覺得顛三倒四，最後斷言是腎出了毛病。奧羅克太太聽說陶品絲的小兒子西禮不但是格雷西姨媽的教子，而且是她最喜歡的甥孫之後，對陶品絲是否會拿到老姨媽的遺產信感興趣。

吃過早飯，陶品絲就給一家裁縫鋪打電話，取消了原定當天下午去試穿一件外套和一條裙子的約會，然後找到佩倫娜太太，解釋說她得離開旅館一兩天。

佩倫娜太太像平常一樣客客氣氣。這天早晨，她看起來很累，頗有點憂心如焚。

「還是沒有梅多斯先生的消息，」她說，「真是不可思議，到底會出什麼事呢？」

「我敢擔保，他一定是出了車禍，」班金索夫人嘆了一口氣。「我一直這麼認為。」

「可是，如果真的出了車禍，到現在我們也應當知道消息了吧。」

「那你說是怎麼回事呢？」陶品絲問。

佩倫娜太太搖了搖頭。

「真不知道該說什麼。但是我覺得有一點可以肯定，那就是，他不是出於自願到什麼地方去了。如果那樣，他一定會捎個訊息回來。」

「那個讓人討厭的布萊奇利少校總是喜歡做些聳人聽聞的推測，」班金索夫人很熱心地說，「他說如果不是車禍，就是失去記憶。我覺得，這種可能性也不是沒有，尤其我們現在生活的這個時代，壓力太大。」

佩倫娜太太點了點頭。她朝上撇了撇嘴唇，一副疑惑的表情，然後飛快地瞥了陶品絲一眼。

「你該知道，班金索夫人，」她說，「我們都不太了解梅多斯先生，不是嗎？」

陶品絲生氣地說：「你這話是什麼意思？」

「哦，別把我想得太壞。我自己也不相信，從來沒有相信過。」

「不相信什麼？」

「大家都傳說的事呀！」

「什麼事？我怎麼沒聽過？」

「哦，也許他們不願意對你講，我也不知道這股傳言是從哪兒來的。好像是凱利先生最先提起的。當然，他是個多疑的人……如果你明白我的意思的話。」

陶品絲耐下性子。

「請告訴我。」她說。

「哦，只是一種猜測。有人認為梅多斯先生或許是敵人的間諜……屬於該死的第五縱隊。」

陶品絲為了把自己扮演的班金索夫人演好，趕緊做出一副義憤填膺的樣子，她憤憤不平地說：「我從未聽說過這種荒唐的言論！」

「我也不信。但人們好幾次看見梅多斯先生和那個德國青年在一起，問過他關於那家化工廠的事。所以他們猜想，他們倆或許是同夥。」

陶品絲說：「你不覺得卡爾的案子有什麼疑點嗎，佩倫娜太太？」

她看見那女人的臉抽搐了一下。

「我希望……但願不是真的。」

陶品絲滿懷柔情地說：「可憐的希拉……」

佩倫娜太太的目光閃爍。

「她心都碎了，可憐的孩子。為什麼會這樣呢？為什麼她不把一顆心交給別人而是交給他呢？」

陶品絲搖了搖頭。

「這種事很難說。」

「你說得對。」佩倫娜太太用顫抖的聲音說，「人生來就得經歷無盡的痛苦和失望……把你的心撕得粉碎。我討厭透了這個世界的殘酷和不公。我真想打爛這個舊世界，一切重新開始，徹底推翻一個國家強加在另外一個國家之上的法律、制度和暴政。我真想……」

一陣咳嗽聲打斷她的慷慨陳辭。那是一種低沉、喉音很重的咳嗽。奧羅克太太站在門口。她那小山一樣的身軀把整個門框堵滿了。

「我打斷你們的談話了，是嗎？」她問。

就像海綿擦過石板，佩倫娜太太臉上的憤懣一下子消失得無影無蹤，只留下旅館老闆因為房客失蹤而產生的焦躁不安。

「沒有，真的沒有，奧羅克太太，」她說，「我們只是在談梅多斯先生的事。真奇怪，警察怎麼連一點蹤跡也沒發現。」

「警察！」奧羅克太太十分輕蔑地說，「他們有什麼用？一點用也沒有！沒有！只會開開違規汽車的罰單，或者找拿不出養狗許可證的人的麻煩。」

「你這是什麼理論，奧羅克太太？」陶品絲問。

「你大概已經聽說大家一直在傳的那些事了吧？」

「說他是法西斯，敵人的間諜……是的，聽說了。」陶品絲冷冷地說。

「也許大家沒說錯，」奧羅克太太若有所思地說，「因為，從一開始，我就覺得這個人不對勁。你知道，我一直在觀察他，」她朝陶品絲笑了笑，那種有威懾力而獨特的微笑……吃人女妖的微笑。「他不像一個已經退休回家無所事事的人，說得更明白點，他來這兒是有目的的。」

「當警方發現他的時候，他就趕緊溜了，是這樣嗎？」陶品絲問。

「也許是，」奧羅克太太說，「你是怎麼看的，佩倫娜太太？」

「我不知道，」佩倫娜太太說，「這件事真煩人，搞得沸沸揚揚，滿城風雨。」

「啊，大夥兒說一說有什麼關係。現在他們就在外面的陽台上議論紛紛呢！議論到最後，會得出這樣一個結論：這個看起來安詳隨和的老頭子，打算在我們睡覺時扔顆炸彈，把我們統統炸死在床上。」

「你還沒有告訴我們，你到底怎麼看？」陶品絲問。

奧羅克太太笑了笑，還是那種詭詐的微笑。

「我在想，那老頭一定是平平安安待在什麼地方，根本沒事……」

陶品絲心想：「如果她知道，也許會這樣說……但是他並不在她想像的那個地方。」

她回自己的房間做準備。貝蒂·史派特從凱利夫婦的臥室跑出來，臉上掛著頑皮的微笑。

「你上哪兒去了，小東西？」

貝蒂咯咯咯地笑著說：「母鵝，母鵝，公鵝……」

陶品絲接著說：「你到哪兒閒逛？上樓！」她一下子把貝蒂舉過頭頂。「下樓！」又把她放到地板上。

這時，史派特太太走了過來，領著貝蒂回去穿衣服，準備散步。

「捉迷藏？」貝蒂滿懷希望地問，「捉迷藏？」

「現在不能玩捉迷藏。」史派特太太說。

陶品絲回房間戴上帽子（她最討厭戴帽子……陶品絲·貝里福從來不戴帽子，但是她覺得，在這種場合，派翠西一定會戴帽子）。

她發現有人動過帽盒裡的帽子。是不是有人搜查過她的房間？讓他們搜查去吧，他們不會找到任何不利於班金索夫人的證據。

她故意把那封「伊平斯·賓東奇」寫來的信放到梳妝台上，然後向樓下走去。

走出聖守喜大門的時候是十點整。還有足夠的時間。她仰起頭看了看天空，一腳踩到門柱旁邊一攤黑泥水裡。陶品絲好像沒發現似地，繼續向前走去。

她的心狂跳著。

成功……一定要成功。

§

亞羅是個很小的車站，村莊離車站還有一段路。

車站外有一輛汽車正在等她。司機是個英俊的小夥子。他碰了碰頭上的鴨舌帽——這個動作不太自然——算是和陶品絲打了招呼。

陶品絲踢了踢車子外側的輪胎，有點疑惑地問：「是不是太扁了點？」

「沒有多遠，夫人。」

她點了點頭，鑽進汽車。

汽車沒有向村莊駛去，而是駛向一片丘陵地帶。沿著蜿蜒曲折的小路開上一座小山之後，又轉上另外一條小路，然後驀地進入一條很深的峽谷。這時小樹林裡走出一個人，迎接他們。

汽車停了下來，陶品絲向托尼·馬斯頓走去。

「貝里福先生一切都好，」他急切地說，「我們昨天才弄清楚他在哪兒。他被那邊的人抓起來了。由於非常重要的原因，他還得在那兒待上十二個小時。你知道，有一條小船將在某個預定時間到達。我們迫切需要捕獲這條船。所以不到萬不得已，不能打草驚蛇，只得讓貝里福先生再委屈一陣子。」他焦急地看著她。「你能理解這一點嗎？」
「啊，當然能理解。」
陶品絲凝視著樹叢裡藏著的一團破帆布似的東西。
「他絕對安全，不會有問題。」年輕人急切地說。
「湯米當然不會有問題，」陶品絲不耐煩地說，「不要對我說這些，當我是個兩歲的孩子。我們心甘情願再冒幾次險。樹叢裡那玩意兒是什麼東西？」
「哦……」年輕人猶豫了一下。「是這樣，上級命令我，讓你去完成一個任務。不過坦率地說，我不喜歡這個主意。你知道……」
陶品絲用冷峻的目光看著他。
「為什麼不喜歡？」
「啊，是因為……呃，你是黛博拉的母親。我的意思是，將來，如果你……她會怎麼說我……」
「如果我出了危險，對吧？」陶品絲問道，「那你不要對她提這件事就行了。愈描愈黑，這話一點也沒錯。」
她非常和藹地朝他微笑著。
「親愛的孩子，我非常理解你的心情。你認為，你和黛博拉以及別的年輕人去冒險是理所當然的事，中年人則應當受到保護。這種想法真是錯上加錯。如果有人得犧牲，讓中年人去更好，因為他們畢竟已經享受過人生最美好的年華。不管怎麼說，不要把我，黛博拉的母親，看作一個了不起的人物。告訴我，那有什麼危險或讓你為難的地方？」

「你知道，」年輕人熱情洋溢地說，「我覺得你真是太棒了！太了不起了！」

「別說奉承話，」陶品絲說，「我已經夠自鳴得意的了，你就不必再錦上添花。告訴我，到底是什麼任務？」

托尼朝樹叢裡那團皺巴巴的東西努了努嘴。

「那是一頂降落傘。」他說。

「啊哈！」陶品絲說，一雙眼睛閃閃發光。

「敵人空投來一個間諜，」托尼繼續說，「幸虧這一帶的聯防隊員個個都很了不得。他們打死了那個跳傘的女人。」

「女人？」

「是的，女人。一個化裝成醫院護士的女人。」

「真遺憾，不是修女，」陶品絲說，「我們這兒一直流傳著一樁故事……在公共汽車上，一位修女伸出毛茸茸、肌肉發達的手臂向售票員小姐買票。」

「啊，她不是修女，更不是男扮女裝的修女。而是一個中等身材的中年婦女，黑頭髮，身材結實。」

「事實上，」陶品絲說，「是一個和我有點相像的女人？」

「正是。」托尼說。

「說下去。」陶品絲說。

托尼慢吞吞地說：「下面的任務就該你了。」

陶品絲笑了。她說：「沒問題。我把這個角色繼續演下去。要我去哪兒？去做什麼？」

「聽我說，貝里福夫人，你真不簡單，真是有膽識！」

「要我去哪兒？去做什麼？」陶品絲不耐煩地說。

「遺憾的是，指示太過簡單。那個女人口袋裡有一張紙條，上面用德文寫著：『走到萊瑟巴羅……從石頭十字架一直往東。阿薩佛路十四號，比尼恩醫生。』」

陶品絲抬起頭看見不遠處的山頂上有個石頭十字架。

「就是那兒，」托尼說，「路標當然都被取掉了。不過萊瑟巴羅是個大地方，從那個十字架向東走，必定能找到那兒。」

「有多遠？」

「至少五英里。」

陶品絲做了一個鬼臉。

「午飯前一次有益健康的遠足，」她說，「但願比尼恩醫生能讓我吃頓午飯。」

「你懂德語嗎，貝里福夫人？」

「只會說一點點。我得說英語，一口咬定上級命令我講英語。」

「這可是冒風險的事。」托尼說。

「胡扯。誰想得到我們要了個移花接木的手段呢？或者，方圓幾英里內還有誰知道我們打下一個降落傘呢？」

「報告這件事的兩個聯防隊員暫時被警察局長留在警局了。我們不敢把他們放回去。萬一他們跟朋友誇耀自己打下一個德國人的降落傘，這事就無法保密了。」

「會不會有人看到這個降落傘，或者聽說了這件事？」

托尼笑了笑。

「親愛的貝里福夫人，每天都有人說看見一個、兩個、三個、四個，甚至一百個降落傘呢。」

「也許是吧，」陶品絲說，「好，帶我去吧。」

托尼說：「我們的服裝道具在這兒呢！還有一位女警察，她是化裝專家。走，跟我來。」

小樹林裡有一座搖搖欲墜的小棚。門口站著一位看起來十分幹練的中年婦女。

她朝陶品絲點了點頭，表示讚許。

陶品絲走進棚屋，在一個翻過來放的包裝箱上坐下，聽憑那位專家描畫。後來，那位化妝師往後退了幾步，滿意地點了點頭，說：「我想，畫得不錯，你說呢，先生？」

「的確很好。」托尼說。

陶品絲伸長手臂，從那個女人手裡拿來一面鏡子照了照，驚訝得差點喊出聲來。

她的眉毛被修剪成完全不同的形狀，改變了臉上的表情。藏在髮鬢下面的橡皮膏繃緊了臉上的皮膚，連臉型也變了樣。鼻子上面黏了一些和膚色完全相同的油灰，改變了整個鼻子的形狀。從側面看，陶品絲長了一個鷹鉤鼻。化妝師把她畫得年長了幾歲，嘴巴兩邊有幾條深深的皺紋。整個臉上的表情傻乎乎的，一副就愛討好別人的樣子。

「簡直妙極了。」陶品絲讚不絕口。她摸了摸那個被改造過的鼻子。

「當心點，」那個女人警告她。她又拿出兩塊薄薄的橡膠。「你覺得腮邊黏上這東西受得了嗎？」

「受不了也得受。」陶品絲悶悶不樂地說。

女人給她貼上橡膠，陶品絲小心翼翼地動了動下巴。

「還可以。」她說。

托尼很有禮貌地走出棚屋，陶品絲脫下自己的衣服，穿上護士那身行頭。還算合適，儘管兩個肩膀有點緊。一頂深藍色的帽子為這個新人物添上最後一筆。她沒有穿那雙很結實的方頭皮鞋。

「要是得走五英里的路，」她用不容置疑的口吻說，「我只能穿自己的鞋。」

大家都覺得她的意見合情合理。尤其陶品絲的鞋是深藍色緞面皮鞋，和她那身制服很相配。

她興致勃勃地看了看那個深藍色手提包。裡面有一盒粉，沒有唇膏，還有兩英鎊十四先令六便士、一條手帕和一張身分證。身分證上的姓名是妃達・艾爾頓，雪菲德，曼徹斯特路四號。

陶品絲把自己的粉和唇膏裝了進去，站起身準備上路。

托尼・馬斯頓把頭轉到一邊，用低沉沙啞的聲音說：「我覺得自己是條豬，竟讓你做這種事！」

「我知道你心裡不好受。」

「可是，你知道，這件事情又非常重要。我們必須想辦法弄清楚敵人將從哪兒及怎樣向我們進攻。」

陶品絲拍了拍他的手。

「別著急，我的孩子。信不信由你，我完全心甘情願。」

托尼・馬斯頓又說了一遍。

「我覺得你真是棒極了！」

§

陶品絲雖然累得精疲力竭，但她終於站到了阿薩佛路十四號的門前。她注意到，比尼恩醫生是個牙醫，不是一般的開業醫生。

她從眼角看見托尼·馬斯頓。他坐在一輛流線型小轎車裡，車停在大街那頭一棟房子外邊。

他們覺得，陶品絲應該嚴格執行命令，徒步走到萊瑟巴羅。如果她坐汽車，難免被人看見，露出馬腳。

有兩架敵機確實從這一帶飛過，飛走之前還低空盤旋了好幾圈，它可能看到有個女人形單影隻，向東邊那片山野走去。

托尼和那個會化妝的女警察向相反的方向駛去，在到達萊瑟巴羅之前兜了個大圈子，現在已經進入阿薩佛路的指定位置。一切都已就緒。

「競技場的門已經打開，」陶品絲喃喃說著，「一位天主教徒正向獅子走去。啊，再沒有人可以批評我沒見過世面了！」

她穿過馬路，按響門鈴，這當下，她心裡一直在想黛博拉對這個年輕人的感情到底有多深？門開了。是一位上了年紀的婦女，一本正經，長了一張農婦的臉，而且不是英國人的臉型。

「是比尼恩醫生的診所嗎？」陶品絲問。

那個女人慢吞吞地上下打量著陶品絲。

「我想，你就是艾爾頓護士吧。」

「是的。」

「那麼，請到醫生的手術室。」

她往後站了站，門在陶品絲身後關上。陶品絲發現自己站在一個鋪著油毛氈的狹長前廳。那個婦人領她上樓，打開一個門。

「請稍等。醫生一會兒就來。」

她走出去，隨手關上房門。

這是一間非常普通的牙醫診所，設備有點陳舊，甚至破破爛爛。陶品絲看了看牙醫那張椅子，嘴角露出一絲微笑。這次和平常不一樣。以前，陶品絲看見牙醫的椅子就心生恐懼。她也有「牙醫情結」，只是出於不同的原因。

一會兒，這扇門就會打開，「比尼恩醫生」就會走進來。這位比尼恩醫生究竟是誰呢？是個陌生人，還是她以前見過的什麼人？如果是她曾經懷疑過的某位先生……

門開了。

進來的這個人，陶品絲對他從未有過一點點懷疑。她作夢也沒想過，這個人會是這場宴席上的第一道菜！

海多克隊長。

14

陶品絲的腦子裡驀地閃過一串串疑問——海多克隊長在湯米失蹤一案中扮演了什麼角色？但是她立刻拋開這些念頭。現在是集中全部智慧保護自己並和敵人周旋的時刻。隊長會不會認出她來？這倒是個很有趣的問題。

她事先做好了充分準備，不管見到的人是誰，都不能表現出一點點驚訝或者認出對方的感覺。現在她胸有成竹，深信自己沒有露出破綻。

她站起來，畢恭畢敬，完全是一位德國婦女站在救世主面前的樣子。

「你來了。」隊長說。

他講英語，那副作風和平常一模一樣。

「是的，」陶品絲說，然後好像特意介紹自己似地補充說：「我是艾爾頓護士。」

海多克臉上露出一絲微笑，好像聽了一個有趣的笑話。

「艾爾頓護士！好極了。」

他頗為讚賞地看著她。

「你看起來挺不錯嘛。」他和藹地說。

陶品絲點了點頭，什麼也沒說。她要把主動權留給對方。

「我想，你知道下一步要幹什麼吧，」海多克繼續說，「請坐。」

陶品絲遵命坐下，回答道：「我是來聽取您的詳細指示。」

「很好。」海多克說，聲音裡有一絲淡淡的嘲弄。

他說：「你知道那個日子嗎？」

「四號。」

海多克似乎吃了一驚，緊緊皺著眉頭。

「這麼說，你知道這個日子，對吧？」他喃喃道。

兩個人都沉默了一下，然後陶品絲說：「請您告訴我，下一步我該做什麼？」

海多克說：「到時候會告訴你，親愛的。」他停了一下，然後問：「毫無疑問，你聽過聖守喜這家旅館，對吧？」

「沒聽過。」陶品絲說。

「沒聽過？」

「沒有。」陶品絲一口咬定。

陶品絲心裡想，讓我們看看你會怎樣應付這道難題。

隊長臉上露出一絲古怪的微笑。他說：「這麼說，你沒聽說過聖守喜。這真讓我大吃一驚。在我的印象中，你已經在這家旅館住了一個月……」

死一樣的寂靜。

隊長說：「這是怎麼回事，班金索夫人？」

「我不明白你這話是什麼意思，比尼恩醫生。我今天早晨才跳傘來到此地。」

海多克嘴角又露出一絲微笑……表示心中不悅的微笑。

他說：「扔在樹叢裡的幾碼破帆布創造了一個奇妙的故事。我不是比尼恩醫生，親愛的夫人。比尼恩先生是我的牙醫。他人不錯，經常把診所借給我用。」

「是嗎？」陶品絲問。

「一點也不假，班金索夫人！或者，你更喜歡我稱呼你的真實姓氏——貝里福？」

又是一陣讓人心悸的沉默。陶品絲深深地吸了一口氣。

海多克點了點頭。

「你知道，這齣戲該收場了。『你自己走進了我的客廳。』蜘蛛對蒼蠅說。」

喀噠一聲，他手裡閃過一道藍光。他握著手槍，凶狠地說：「用不著我提醒，你也該知道別出聲。不要想驚動其他房間的人！你要是敢喊一聲，我馬上就打死你！而且即使你真的叫喊起來，也不會引起別人注意。你該知道，拔牙的人經常會大喊大叫。」

陶品絲非常鎮靜地說：「看來你什麼都想到了。不過，你有沒有想過我的朋友知道我人在什麼地方。」

「啊，還在念著你那個藍眼睛的小夥子……不，這回是棕色眼睛。托尼……小托尼・馬斯頓，真抱歉，貝里福夫人，他碰巧是我們在英國最堅定的支持者。我剛才說過，幾碼破帆布產生了神奇的效果。你就這樣上當了。」

「你這番廢話的重點到底在哪裡！」

「你不知道？我們不想讓你的朋友太容易找到你。如果他們發現了你留下的蛛絲馬跡，就會找來亞羅，找到那個開汽車的人。可是即使這樣，也還是枉然。因為下午一點到兩點之間來到萊瑟巴羅的那位護士——也就是經過化裝的你——和你的相貌完全不同，因此，誰也不會想到她和你的失蹤有什麼關係。」

「考慮得非常周到。」陶品絲說。

海多克說：「我欣賞你的勇敢，非常欣賞。遺憾的是，我不得不對你動手，因為我必須搞清楚，你在聖守喜都發現了什麼情況？」

陶品絲沒有回答。

海多克心平氣和地說：「我勸你和盤托出，別裝迷糊！在這兒，一張牙科醫生的椅子裡，面對一大堆醫療器械，會有許多可能性產生……」

陶品絲只是輕蔑地看了他一眼。

海多克在他的椅子裡往後靠了靠，慢慢地說：「是的，我知道，你很堅強。你這個類型的人都這樣。但這幅景象的另外一半是什麼，你知道嗎？」

「你什麼意思？」

「我是在說湯瑪士．貝里福……你的丈夫。他化名梅多斯先生，最近也一直住在聖守喜。他現在正待在我的地下室，還滿舒服的。」

陶品絲生氣地說：「我不信！」

「是因為那封簽了只有你們倆才知道的代號：『一便士平淡無奇』的信？難道你還沒想到，這只是托尼……小托尼略施小計的結果？當你把你們的暗號告訴他時，你就栽到他的手裡了。」

陶品絲的聲音顫抖起來。

「這麼說，湯米，湯米……」

「湯米，」海多克隊長說，「一直攥在我的手心裡！現在就看你的了。如果你的回答令我們滿意，他還有條活路。如果你拒不交代，我們就只能按原計畫執行。他的腦袋會被打得稀爛，然後扔到一條船上，再送到大海餵魚。」

陶品絲沉默了一會兒，然後問：「你想知道什麼？」

「我想知道，是誰派你來的？你是如何和這個人或這些人保持聯繫？到目前為止，你向他們報告了些什麼？你都知道了些什麼？」

陶品絲聳了聳肩。

「我告訴你的也許都是謊話。」她指出。

「不，因為我會驗證你的話是真是假。」他把椅子往前拉近陶品絲。「我的好女人，你心裡是怎麼想的，我都明白。相信我，我打心眼裡欽佩你和你丈夫。欽佩你的勇敢、堅定、有膽識。未來的新英國——現在這個軟弱無能的政府被推翻之後建立的新國家——需要的正是你們這樣的人才。我們希望化敵為友……當然是指那些值得我們尊敬的對手。即使我不得不下令結束你丈夫的性命——我會這樣做，這是我的責任——我還是會非常難過。他是個相當優秀的人，沉穩、聰明、不裝腔作勢。你們國家似乎很少有人能弄明白這個道理：我們的領袖並不像你們想像的那麼期望要征服這個國家。他的目標只是創立一個新英國，一個強大的新英國。這個國家不是由德國人統治，而是由英國人自己治理。這些英國人應該是有頭腦、有教養、有勇氣，他們會建立一個如同莎士比亞所說的，『充滿勇敢精神的新世界』。」

他又向前湊了湊。

「我們要清除的是昏庸和無能，貪汙和腐化，追逐私利和巧取豪奪。在這個新國家，我們需要像你和你丈夫這樣的人，勇敢、機敏、足智多謀。我們過去曾經是敵人，但將來會是朋友。你將驚訝地發現，在你們國家——別的國家也一樣——有多少志士仁人同情並且信仰我們這個目標。我們將攜手創建一個新歐洲，一個和平與進步的歐洲。你應該這樣看問題。

因為我向你擔保，的的確確是這樣……」

他的聲音充滿了磁性和吸引力。他俯身向前，看起來就像一個正直、善良、勇往直前的英國水手。

陶品絲看著他，在心裡搜索一句可以表達她此刻心境的成語，但什麼也想不出來，只有那句充滿稚氣的兒歌脫口而出。

「母鵝，母鵝，公鵝！」陶品絲說。

§

這句話所產生的神奇效果使她大吃一驚。

海多克一下子跳了起來，臉因憤怒而脹成醬紫色，眨眼之間，他英國水手的形象消失得無影無蹤。她看到了湯米曾經看到的海多克……一個氣急敗壞的普魯士人。

他用德語非常流利、狠毒地罵她，然後又改成英語，大聲叫喊：「你這個該死的傻瓜！你難道不知道，這樣回答，你們就徹底結束了嗎？現在，你們完蛋了，你和你的寶貝丈夫。」

他大聲喊道：「安娜！」

剛才給陶品絲開門的那個女人走了進來。海多克把手槍塞到她的手裡。

「看好她。必要的時候就開槍。」

他怒氣沖沖地離開房間。

陶品絲用懇求的目光看著安娜。她站在她面前，冷若冰霜。

「你真的會向我開槍嗎？」陶品絲問。

安娜非常平靜地說：「不要和我套交情。一次大戰，我的兒子被殺，我的奧托。那時候我三十八歲，現在我已經六十二歲了，但還沒有忘記這一切。」

陶品絲看著那張冷漠而無動於衷的大餅臉，想起了那個波蘭女人——范妲．波倫斯卡。她們同樣的凶狠、認真，滿腹出於母愛且毫不留情的仇恨。毫無疑問，英格蘭許許多多的瓊斯太太或史密斯太太都會有同樣的感覺。和這樣的女人——失去了兒女的母親——沒有什麼好講的。

陶品絲的腦海深處有什麼東西在湧動……一種縈繞於心、只能意會而無法言傳的感覺。所羅門王……所羅門王在她的腦海時隱時現。

門開了，海多克隊長走了進來。

他氣得暴跳如雷，咆哮著：「在哪兒？你把它藏在哪兒？」

陶品絲注視著他，完全傻了。他說的話她一句也不明白。

她什麼也沒拿，什麼也沒藏。

海多克對安娜說：「出去！」

老太太把手槍還給海多克，立刻走了出去。

海多克跌坐在一張椅子裡，似乎要極力振作起精神。他說：「你應該知道，你是不可能把它帶走的。我已經抓到你。我有的是讓人開口說話的方法……當然不是什麼舒服的方法。你最終也得對我說實話。說吧，你拿它都幹了些什麼事？」

陶品絲靈機一動，看出至少這是一個和海多克討價還價的機會……只是得弄清楚海多克認為她掌握了什麼。

她小心翼翼地說：「你怎麼知道它在我手裡？」

「從你剛才說的話，你這個該死的傻瓜！你沒帶在身上，這我們知道。因為你剛才在小樹林的棚屋裡已經換下了全部的行頭。」

「如果我已經寄給什麼人了呢？」陶品絲說。

「別裝傻了。從昨天起，你寄出去的所有東西我們都檢查過了。你沒有寄走，還沒有。你只有可能做一件事，那就是把它藏起來，你今天早晨離開聖守喜的時候，已經把它藏在旅館什麼地方了。我只給你三分鐘時間，告訴我，藏到哪兒了？」

他把手槍放到桌子上。

「三分鐘，湯瑪士·貝里福夫人。」

壁爐上的鐘滴答滴答地響著。

陶品絲靜靜地坐著，臉上一副茫然若失、無動於衷的表情。

她的腦子飛快地轉動著，但是不露神色。

她的腦海裡好像突然劃過一道明亮的閃電，一切都清清楚楚出現在眼前。她終於意識到誰是這個組織的中心和關鍵。

海多克道：「還有十秒……」

陶品絲好像被什麼東西擊中，渾身震顫了一下。她彷彿在夢中，看著海多克慢慢地舉起手槍，聽見他在數數：「一，二，三，四，五……」

海多克剛數到「八」，「砰」地一聲槍響，他一下子面朝前倒在椅子裡，紅撲撲的大臉上一副迷惑不解的表情。他一直集中神志盯著他的獵物，沒有察覺到身後的門已經被人慢慢拉開。

陶品絲跳起來，一個箭步朝門口衝過去，推開那幾個穿制服的人，緊緊抓住一個穿粗花呢上衣的人。

「格蘭特先生！」

「啊，啊，親愛的，沒事了。你真是太了不起了。」

陶品絲顧不得聽這些鼓勵的話。

「快！沒有多少時間了。你有車嗎？」

「有。」格蘭特望著她說。

「快嗎？我們必須馬上趕到聖守喜。要是能夠及時趕到就好了……在他們打電話過去之前！」

兩分鐘之後，他們已經上了汽車。汽車穿過萊瑟巴羅的街道，前面是開闊的田野，速度表上的指標愈來愈高。

格蘭特先生沒提任何問題，他知道現在不是讓陶品絲說明情況的時候。她正焦急地看著速度表。司機加快油門，以最高的車速向前。

陶品絲只說了一句話：「湯米呢？」

「一切都好。半小時前已經得救了。」

她點了點頭。

利漢普敦終於遙遙在望。汽車風馳電掣般地駛過小城，駛上小山。

陶品絲跳下汽車和格蘭特先生一起跑上車道。前廳的門像平常一樣大敞著，目光所及一個人也沒有。陶品絲快步跑上二樓。

跑過走廊的時候，她朝自己房間瞥了一眼，看見抽屜開著，床上亂七八糟。她點了一下頭，沿著走廊繼續向前跑，闖進凱利先生和凱利太太的房間。

房間裡空無一人，看起來溫馨寧靜，散發著一股淡淡的藥味。

陶品絲三步併作兩步跑到床前，扯開床單和毯子，把手伸到褥墊下面。然後，手裡拿著一本破爛不堪的圖畫本，回轉身，帶著勝利的微笑，望著格蘭特先生。

「這就是你要的東西，都在這兒。」

「什麼？」

他們轉過頭。史派特太太站在門口望著他們。

「現在，格蘭特先生，」陶品絲說，「讓我介紹你認識一下M！是的，這就是M，史派特太太，我早就該識破你了！」

過了一會兒，凱利太太來了。給這場扣人心弦的戲劇加了一個蒼白無力的結尾。

「哦，天哪！」凱利太太看著丈夫被弄亂的床鋪，滿臉沮喪，不高興地說：「凱利先生會怎麼說呢？」

／15

「我早就該看清楚這件事的來龍去脈。」陶品絲說。

她用一杯醇香的白蘭地鎮靜自己被劇烈震盪的神經，滿臉堆笑，輪流看著湯米、格蘭特和艾柏。艾柏前面放著一大杯啤酒，咧開嘴，嘻嘻地笑著。

「快講吧，陶品絲。」湯米催促道。

「你先講。」陶品絲說。

「我沒什麼好講的，」湯米說，「完全是一個偶然的機緣，讓我看到無線電發報機。我以為能瞞過海多克，帶著這個祕密離開他的公館，但那老小子實在是太精明了。」

陶品絲點了點頭，說：「他馬上給史派特太太打電話。史派特太太手裡拿著一把榔頭埋伏在車道旁。她離開橋牌桌前後不過三分鐘。我當時確實看見她有點氣喘吁吁，但那時候對她半點懷疑也沒有。」

「這以後，」湯米說，「功勞就都歸於艾柏了。他像一隻忠心耿耿的狗到處找我。我在地下室使勁發出打呼的聲音，他聽到之後領會了其中的意思，趕快去找格蘭特，兩個人當天夜裡悄悄跑到『走私天堂』找我。我又鼾聲大做一場。最後約定，我繼續待在地下室，瞞過海多克，以便將海上來的敵人一網打盡。」

格蘭特先生補充說：「海多克今天早晨離開『走私天堂』到萊瑟巴羅之後，我們的人便占領了這棟別墅。今天晚上又當場擒獲了坐船來的敵人。」

「現在，陶品絲，」湯米說，「講講你的故事吧。」

「哦，還是從頭說起吧。我真是個天大的傻瓜！誰都懷疑到了，就是沒有懷疑史派特太太！偷聽到關於這個月四號的電話之後，我確實有一種被威脅的可怕感覺，好像自己已經處於危險之中。當時旅館除了我只有三個人。我一直懷疑佩倫娜太太或奧羅克太太，結果全錯了。真正危險的人物是那個表面上不帶任何色彩的史派特太太。

「湯米知道，直到他失蹤之前，我其實一直糊里糊塗，沒有真正理出一個頭緒。後來湯米失蹤，我和艾柏商量要給敵人設個圈套，天上卻掉下個托尼·馬斯頓。起初似乎一切正常。黛博拉的朋友很多，他是其中一個，也沒有什麼好奇怪的。可是有兩件事讓我心生疑惑。第一，和他談話時，我愈來愈確定以前沒見過這個人，他從來沒去過我們家。第二，儘管對我在利漢普敦的情況瞭如指掌，他卻認為湯米人在蘇格蘭。這就有問題了。如果他真知道什麼機密，首先就該知道湯米在哪裡。因為我畢竟不是受命於政府，而是屬於半官方、非正式的接受任務。我由此推斷其中有詐。

「格蘭特先生曾經對我說過，第五縱隊無孔不入。既然如此，和黛博拉一起工作的同事中，為什麼不可能混入敵人的奸細呢？我雖然不敢確信，還是給他設了一個陷阱。我對他說我和湯米約定了一個暗號，以便相互聯絡、交換情報。我們當然有聯絡辦法，不過只是一張明信片。我告訴托尼那是個『一便士平淡無奇，兩便士大放光彩』的家庭妙語。

「正如我所希望的那樣，他上當了！今天早晨我收到一封信。這封信使他的身分暴露無遺。

「一切都已安排妥當。我需要做的只是給裁縫打個電話，取消當天下午的試衣。其實這個電話只是向我們的人報告，敵人已經上鉤。」

「接了這個電話，」艾柏說，「真把我嚇了一跳！我趕緊開了一輛麵包房的小貨車到聖守喜，在大門口故意撒了一地的洋蔥、香油或者聞起來像是洋茴香油的東西。」

「然後，」陶品絲接著說，「我從旅館出來，故意在那攤黑糊糊的東西裡踩了一腳。這樣一來，麵包房那輛小貨車就可以輕而易舉地跟著我到車站。於是司機或別的什麼人跟在我身後，聽見我買了要到亞羅去的車票。這以後，事情似乎難辦點了。」

「狗是辨別氣味的好手，」格蘭特先生說，「他們在亞羅車站順利找到你留下的線索，還找到你坐那輛汽車走過的小路。因為你上車前故意踢了幾下車輪，洋茴香油味便留在那上面。這樣一來，我們便一直追蹤到那片小樹林和那個石頭十字架。你走過那片雜草叢生的丘陵地帶時，我們其實一直跟在後面。敵人作夢也沒想到，我們輕而易舉就知道了你的去向。因為他們親眼看到你離開那片樹林之後，才開著汽車向萊瑟巴羅駛去。」

「我還是很害怕，」艾柏說，「知道你已經進了那棟房子，又不知道你會出什麼事。我們從後窗跳進去。等那個外國老太太下樓時，便把她生擒活捉，並在千鈞一髮之際，推開了那個房間的門。」

「我知道你們會來，」陶品絲說，「我要做的事情是盡可能拖延時間，拖住敵人。如果我沒看見房門被悄悄推開，我會繼續瞎編故事，穩住海多克。真正讓我激動萬分的是，我突然看清了敵人的全部陰謀，而且發現自己一直被蒙在鼓裡。」

「你是怎麼弄清楚的？」湯米問。

「母鵝，母鵝，公鵝，」陶品絲脫口而出。「我對海多克隊長說出這句話的時候，他的臉色一下子變成醬紫色。我馬上意識到，並不是因為這句話愚蠢或粗俗，而是因為那對他而言有意義。然後我看見那個老太太，安娜，臉上的表情和那個波蘭女人毫無二致。於是我想起了所羅門王，一下子看清了這件事的來龍去脈。」

湯米惱怒地嘆了一口氣。

「陶品絲，如果你再說一遍這句話，我就斃了你。你看清了什麼來龍去脈？這件事和所羅門王有什麼關係？」

「你還記得那個故事嗎？兩個女人抱著一個嬰兒去找所羅門王，都說這個孩子是她們的。於是所羅門王說：『很好，把他一分為二不就得了嗎？』假母親說：『好吧。』真母親說：『不，就給那個女人算了。』你知道，她不忍心把自己的親骨肉分成兩半。那天夜裡，史派特太太開槍打死那個波蘭女人之後，你們大家都說她這麼做真是奇怪，因為稍有差錯就會把那個孩子打死。其實當時我們就應當看出名堂！如果那是她的孩子，她絕對不敢冒這個險。我的意思是，貝蒂不是她的孩子，所以她敢毫不猶豫地舉起手槍打死那個女人。」

「為什麼？」

「因為那個女人才是孩子的親生母親。」陶品絲的聲音有點顫抖。

「可憐的女人，真是可憐。她身無分文，逃亡到英國，萬般無奈，同意史派特太太收養她的小女兒。」

「為什麼史派特太太要收養一個小孩？」

「偽裝！從心理學的角度出發，進行高超的偽裝。你絕對不會想到肩負重任的高級間諜會帶著一個小孩執行任務。也是因為這樣，我才沒有注意到她，因為那個孩子。但貝蒂的親生母親無時無刻不在思念女兒，她費盡周折，打聽到史派特太太的地址，終於找到這兒來。她一直在聖守喜周圍繞轉，等待時機，最後終於奪回了自己的孩子。

「史派特太太氣急敗壞，緊張萬分，不惜一切代價阻止警方介入。所以寫了那張紙條，假裝那是在她的臥室裡發現的恐嚇信。又想盡辦法讓海多克隊長在關鍵時刻幫她忙。等我們追上那個女人時，她便當機立斷，立刻把她打死。她絕不是一個對武器一無所知的人，正好相反，她的槍法很好，一槍擊斃了那個可憐的女人。所以，我對她毫不憐憫，她是一個徹頭徹尾的壞人。」

陶品絲停了一下，繼續說：「另外一點給我啟發的是，貝蒂和范妲·波倫斯卡長得很像。我一直覺得這個名叫范妲的波蘭女人很面熟，其實就是因為貝蒂的緣故，只是當時沒有往這上頭想。後來，貝蒂又玩我的鞋帶。這件事也很蹊蹺。她一定是見過那位所謂的母親這樣做，而不是卡爾·馮戴尼！史派特太太看到貝蒂洗鞋帶玩之後，生怕自己的身分暴露，就在卡爾的房間裡動手腳，給他栽贓。除了那些名單、配方之類的證據外，最精采的一筆就是用密寫藥水泡過的鞋帶。」

「卡爾沒有捲入這場陰謀真讓人高興，」湯米說，「我很喜歡這個小夥子。」

「還沒把他槍斃，對吧？」陶品絲焦急地問。

格蘭特先生搖了搖頭。

「他很好，」他說，「事實上，我還有一個讓你們驚喜的祕密要講呢！」

陶品絲高興得滿臉發光，說：「我太高興了……為希拉而高興！當然，我們對佩倫娜太太疑神疑鬼也是完全搞錯了。」

「她只是和愛爾蘭共和軍有點牽連，除此之外沒有任何問題。」

「我對奧羅克太太也懷疑過……有時候，也懷疑過凱利夫婦……」

「我還懷疑過布萊奇利。」湯米插嘴說。

「就是沒懷疑過那個看起來嬌弱無力的女人，」陶品絲說，「只是把她看成貝蒂的母親。」

「她可遠非嬌弱無力，」格蘭特說，「而是一個非常危險的女人，也是一位十分聰明的演員。我必須很遺憾地告訴你們，她是土生土長的英國人。」

陶品絲說：「這樣一來，我對她既不憐憫也不讚賞……她連那些德國人也不如，至少他們是為自己的祖國工作。」她又用好奇的目光看著格蘭特先生。「你找到你需要的東西了嗎？」

格蘭特先生點了點頭。

「都在那套破破爛爛的圖畫本裡。」

「貝蒂說『髒』的那幾本裡。」陶品絲大聲說。

「的確非常骯髒，」格蘭特先生冷冰冰地說，「《小傑克．霍納》裡有我們海軍的詳細部署。《約翰．赫德在空中》是空軍的部署。軍事方面的情況都在《有一個小人帶著一把小槍》裡，題目和內容倒挺貼切。」

「《母鵝，母鵝，公鵝》呢？」陶品絲問。

格蘭特先生說：「經過化學試劑處理，我們發現這本書是一份用密寫藥水寫成的重要名單。名單上的人都是表示效忠於納粹德國、願幫助他們侵略英國的人物。有兩個警察局長、空軍副統帥、兩個將軍、一家兵工廠廠長、一位內閣部長、許多警官、地方自衛隊隊長，還有海軍和陸軍許多小嘍囉，我們情報部的許多人也榜上有名。」

陶品絲和湯米面面相覷。

「簡直難以置信。」湯米說。

格蘭特搖了搖頭。

「你不知道德國人的宣傳攻勢有多麼厲害，這些宣傳迎合了一些人對權利的貪欲。這些人出賣祖國的利益不是為了錢，他們妄自尊大，企圖奪取國家的政權。他們是『明亮之星，早晨之子』[12]。狂妄至極，為了個人的榮耀彼此鉤心鬥角。」

他又補充說：「你們可以想一想，這樣一群野心勃勃、自私自利、明爭暗鬥的傢伙湊在一起，怎麼能夠取得最終勝利呢？」

「現在呢？」陶品絲問。

格蘭特微笑著。

「現在，」他說，「讓他們來吧！我們已經做好一切準備！」

12 這是早期基督教教義著作中對墮落之前的撒旦的稱呼。

16

「親愛的媽媽，」黛博拉說，「你知道嗎？我曾經想過，你可能做出了最可怕的事。」

「是嗎？」陶品絲說，「什麼時候？」

她那慈愛的目光停留在女兒烏亮的頭髮上面。

「就是你溜到蘇格蘭去找爸爸，而我以為你在格雷西姨婆那兒的時候。我差點以為你跟哪個男人跑了。」

「哦，黛比，真的嗎？你居然這樣想過？」

「當然不完全是真的。到了你這個年齡，一般來說不會再做出什麼風流事了。而且我深知你和老爸都深愛著對方。我真糊塗，怎麼和托尼·馬斯頓談起這件事。事實上，是他使我產生了這個怪念頭。你知道嗎，媽媽，我想我應該告訴你……後來他被發現是第五縱隊的成員。他這個人總是陰陽怪氣，也許希特勒真的打贏他就舒服了。」

「哦，你喜歡過這個人嗎？」

「托尼？沒有。他這個人很惹人討厭。我該跳舞去了。」

她臉上掛著甜甜的微笑，和一個金髮青年踏著輕快的舞步飄然而去。他們旋轉著，陶品絲看了幾分鐘，又把目光落到一個身材高大挺拔的年輕人身上。那是她兒子，穿著空軍制服，正和一個十分苗條的金髮女郎跳舞。

「我覺得，湯米，」陶品絲說，「我們這兩個孩子真是不錯。」

「希拉來了。」湯米說。

希拉向他們這張桌子走來時，他站了起來。

她穿著綠色晚禮服，把一張微黑的臉越發映襯得楚楚動人。不過今天晚上，這個美人兒並不開心，她和男女主人寒暄了幾句，表現得並不很有禮貌。

「你們瞧，我來了，」她說，「因為我答應過你們。但我不明白為什麼你們要邀請我。」

「因為我們喜歡你。」湯米笑著說。

「真的嗎？」希拉說，「我想不出我有什麼可讓你們喜歡的。對你們而言，我其實是個挺討厭的人。」她停了一下，低聲說道：「不過，我還是非常感謝兩位的盛情邀約。」

陶品絲說：「我們一定要給你找個好舞伴，讓你好好跳一場舞。」

「我不想跳，我討厭跳舞。我來只是為了看看你們二位。」

「你會喜歡我們特地為你邀請來的這位舞伴。」陶品絲笑著說。

「我……」

希拉剛說出一個字，就愣住了。

卡爾·馮戴尼正朝她走來。

希拉目瞪口呆，喃喃著：「你……」

「我，正是我。」卡爾說。

今天晚上，卡爾·馮戴尼和平常有點不同。希拉凝視著他，滿臉疑惑不解，兩頰飛紅。她像是喘不過氣地說：「我知道，你已經沒事了……可是，以為你還被關著。」

卡爾搖了搖頭。

「他們沒有理由關押我。」他繼續說，「你要原諒我，希拉。我欺騙了你。你知道，我根本就不是卡爾·馮戴尼。我是為了自己的原因，假冒了他的名字。」

他看了看陶品絲，似乎是徵求她的意見。

陶品絲說：「說吧，把真實情況都告訴她。」

「卡爾·馮戴尼是我的朋友。幾年前，我在英格蘭認識了他。戰爭爆發前，我在德國又見到他，並且重新開始了我們往日的友誼。我去那兒是為國家完成一項特殊的使命。」

「你是情報部的人？」希拉問。

「是的。我在那兒的時候，開始發生怪事，有一兩次差點脫不了身。我的計畫在根本不可能洩漏的情況下被他們知道了。我意識到出了問題。用他們的話說，『內奸』已經鑽進我所工作的那個部門，我是被自己人出賣了。卡爾和我長得很像（我的教母是德國人），所以我在德國工作有一定的方便之處。卡爾不是納粹，他只對自己的工作——那也是我的工作——研究化學感興趣。戰爭爆發前，他決定逃到英國。那時候，他的兩個哥哥已被送到集中營。他自己也明白，要想逃到英國絕非易事。但這些預料中的困難居然奇蹟般地化為烏有。他對我講述這個情況時，我心裡不由得生出疑問。為什麼政府當局輕而易舉就同意他離開德國？他的兩個哥哥和其他親戚都被關進集中營，他自己又被懷疑有反納粹傾向。看起來，他們似乎想讓他在英國幹點什麼。我當時的處境愈來愈危險。卡爾和我住在同一個房間。有一天，我非常難過地發現，他躺在床上已經自殺身亡，並留下一封信。我看了以後裝進自己的口袋。

「我決定使個掉包計。一方面，我想離開德國；另一方面，我想搞清楚德國政府當局為什麼對卡爾輕易放行？我給他的屍體穿上我的衣服，放到我的床上。他因為朝自己的腦袋開了一槍，臉有點變形。而我知道，我們的房東眼力很差。

「我拿著卡爾．馮戴尼的證件到了英國，按照政府介紹的地址找到一家旅館。這個旅館便是聖守喜。

「我在聖守喜住的時候就扮演卡爾．馮戴尼的角色，不敢有絲毫鬆懈。我發現他們已經為我在這兒的化工廠安排好工作。起初我以為他們要強迫我為納粹工作。後來我才知道，他們要我那位可憐的朋友來當替罪羔羊。

「因為那些人證被捕之後，我什麼也沒說。我想，不到萬不得已，絕不暴露自己的真實身分。我想看看究竟會發生什麼事。

「僅僅幾天之前，我被自己人認出，才不得不吐露真情。」

希拉嗔怪地說：「你應當告訴我。」

他很溫柔地說：「如果你是這樣想的……真對不起。」

他望著她的一雙眼睛。她憤怒而又驕傲地看著他，但漸漸地怒氣消失無蹤，她說：「我想，你也是不得已……」

「親愛的……」他振作了一下精神。「來，跳舞吧。」

他們摟抱著，翩翩起舞。

陶品絲嘆了一口氣。

「怎麼了？」湯米問。

「但願希拉能像從前一樣喜歡他，即使他不再是人人鄙視的德國棄兒。」

「她看起來還是挺喜歡他。」

「是的，不過愛爾蘭人個性很強悍，希拉更是天生就有一種叛逆心理。」

「為什麼那天他要偷偷地搜查你的房間呢？這也是讓我們走了一段彎路的原因。」

湯米笑了起來。

「我想，他一定覺得班金索夫人是個很不可靠的人。事實上，在我們懷疑他的時候，他也在懷疑我們。」

「喂，你們兩位，」德瑞克・貝里福說。他和他的舞伴正踩著舞步經過父母親的那張桌子。「為什麼不來跳舞呢？」

他朝他們微笑著。

「他們對我們真親切。啊，願他們萬事如意。」陶品絲說。

不一會兒，這對孿生兄妹和他們的舞伴又都回到父母身邊坐下。

德瑞克對父親說：「真高興你終於找到一件工作。我想，不會特別有趣吧。」

「都是些日常事務。」湯米說。

「沒關係。有事可做，這是最重要的！」

「我也非常高興，他們允許媽媽去工作，」黛博拉說，「媽媽看起來快活多了。你的工作不會太單調、沉悶吧，媽媽？」

「我一點兒也不覺得單調、沉悶。」陶品絲說。

「那就好。」黛博拉說，又補上一段：「等戰爭結束後，我就能跟你講講我的工作了。非常有趣，也非常機密。」

「太刺激了。」陶品絲說。

「哦，是刺激。當然和飛上藍天的空軍戰士相比，還稱不上刺激。」

她不無嫉妒地看著德瑞克。

她說：「他要被推薦去……」

德瑞克忙說：「住嘴，黛比。」

湯米說：「我說，德瑞克，你一直在幹些什麼工作？」

「哦，也沒什麼了不起，不過是大家都參加的那些訓練。不知道為什麼單單選中了我。」年輕的空軍戰士說著，他看起來非常尷尬，就像做了天大的壞事。

他站起來，那個漂亮的金髮女郎也站了起來。

德瑞克說：「一定不能耽誤了跳舞……這是我休假的最後一個夜晚。」

「來吧，查理。」黛博拉說。

兄妹倆和他們的舞伴一起飄然而去。

陶品絲在心裡祈禱：「哦，願他們都平平安安，順順利利，不要遇到任何麻煩……」

她抬起頭，看見湯米正在看她。他說：「關於那個孩子，我們……」

「貝蒂？哦，湯米，真高興你也想到這件事。我以為只有我才有一副慈母心腸。你是不是也同意……」

「同意收養她？當然，為什麼不呢？她已經受了那麼多不公平的待遇。我們把她培養成人，一定是件快樂幸福的事。」

「哦，湯米！」

她緊緊地握著丈夫的手，兩個人含情脈脈地相互凝視著。

「我們總是很有默契。」陶品絲快活地說。

黛博拉踏著優美的舞步，從德瑞克身邊翩然而過時，悄悄地對哥哥說：「瞧瞧那兩口子……還緊緊握著手！他們倆多甜蜜啊，你說對吧？我們一定要盡最大的努力，補償他們在這場戰爭中所度過的這種沉悶無聊的苦日子……」

專文推薦

藏在日常細節中的冒險

楊照（作家）

一開始，就都在那裡了。

一九二〇年，阿嘉莎．克莉絲蒂出版了《史岱爾莊謀殺案》，神探白羅就已經退休了。而且在這個案子裡，藉由敘述者海斯汀的轉述，就鋪陳出克莉絲蒂小說最基本的偵探原則：

「那些看來或許無關緊要的小細節……它們才是重要的關鍵，它們才是偉大的線索！」

「豐富的想像力就像洪水一樣，既能載舟亦能覆舟，而且，最簡單直接的解釋，往往就是最可能的答案。」

「沒有任何謀殺行為是沒有動機的。」

還有，一個不討人喜歡的死者，一群各有理由不喜歡死者、因而也就都有殺人動機的人，這些人彼此之間構成複雜的關係，有的互相仇視，有的互相愛戀，麻煩的是，有些愛人其實貌合神離，有些仇人其實私下愛慕；更麻煩的是，不論是愛或是仇，都有可能是扮演出來的。

一個外來的偵探必須周旋在這些嫌疑者之間，從他們口中獲取對於案情的了解，換句話說，他必須在很短的時間內，搞清楚誰是誰、誰跟誰吵架、誰跟誰偷情，然後判斷誰說的哪一句是實話、哪一句是謊言。常常謊言比實話對於破案更有幫助。

再偷偷透露一下，如果要和小說裡的凶手及小說背後的作者鬥智，就像克莉絲蒂對英國社會的了解，祕訣就在於要去追究小說裡的人物背景，尤其是他們的階級地位。基本上，階級地位愈高、權力愈大、愈有錢者，說的話就愈不要相信。例如在《史岱爾莊謀殺案》中，僕人、園丁說的話遠比有頭有臉的人說的要可信多了。就算要說謊，他們的謊言也比較天真，而且往往出於善良動機。當你歸納線索時，就會知道他們並非故意說謊，那是因為他們的認知受到蒙蔽或誤導，而你慢慢就從這蒙蔽或誤導中被引導到真相。

《史岱爾莊謀殺案》出版那年，克莉絲蒂三十歲，但書稿其實早在五年前就寫好了，畢竟要找到有人願意出版一個看來再平凡不過的家庭主婦寫的小說，並不是那麼容易。

所有和克莉絲蒂接觸過的人，都對於她的「正常」留下深刻印象。她看起來就和她那個年紀的典型英國家庭主婦一樣，害羞、靦腆，只能在社交場合勉強跟人聊些瑣事話題，完全無法演講，甚至連只是站起來對眾賓客說幾句客套話，請大家一起舉杯，她都做不到。她不演講，也很少答應接受採訪，就算採訪到她也很難從她口中得到有趣的內容。她會講的，幾乎都是記者本來就知道、或者自己就可以想得出來的。

例如說白羅這個神探的來歷。克莉絲蒂回答：他應該是個外國人，這樣就能在英國日常生活中看出英國人自己看不出的線索。她自己碰過的外國人，只有第一次大戰剛爆發時到英國避難的比利時人。比利時警察怎麼能跑到英國來？那一定是因為他已經退休了。他有潔癖，所以對於現場會有特殊的直覺，馬上感受到不對勁的地方。一個有潔癖的人，好像應該長得矮小些才相稱，一個矮小有潔癖的人最適當的名字，就是希臘神話裡的大力士「赫丘勒斯（Hercules）」，製造出荒唐的對比趣味。那白羅這個姓是怎麼來的呢？克莉絲蒂很誠實地說：「我不記得了。」

一切都如此順理成章，一切都如此合邏輯，不是嗎？有記者問她怎麼看自己的舞台劇〈捕鼠器〉，創下了英國劇場、甚至全世界劇場連演最多場紀錄的名劇？克莉絲蒂的回答也還是中規中矩，合理合節：那是一齣小戲，在一個小劇院演出，成本很低，任何人想到了都可以帶家人或朋友去看，老少咸宜，並不恐怖，也不特別荒謬打鬧，可是又什麼都有一點，包括恐怖和荒謬打鬧的成分。

她的身上找不出一點傳奇、怪誕色彩，那她為什麼能在五十年間持續寫偵探小說，創造了那麼多謀殺，還創造了那麼多詭計？

首先因為她是女性，以及她的身世，包括她的階級身分，使得她在描寫故事場景時比一般男性作者來得敏感。因為在她之前的偵探推理小說男性作家的階級身分都是高高在上，基本上他們會從較高的角度看社會，比較看不到底層的感受。

而她的婚變以及婚變中遭逢的痛苦，都使她更能體會與觀察，將英國社會的複雜細節融入小說的核心情節，讓探案與線索分析結合在一起。

克莉絲蒂一生結過兩次婚，第一次在一九一四年，婚後不久，丈夫就參加了歐戰，是英國皇家空軍最早一批飛行員。一九二六年，這個丈夫有了外遇，直率地向克莉絲蒂要求離婚，在那之前，克莉絲蒂的媽媽才剛過世，雙重打擊之下，又遇到車子無法發動，克莉絲蒂崩潰了，她棄車而走，忘記了自己究竟是誰，躲進一家鄉間旅館，登記時寫了她心裡唯一有印象的名字——她丈夫情婦的名字。

離婚後，一次在晚宴中，有人提起近東烏爾考古的最新收穫，克莉絲蒂就取消了原定要去西印度群島的計畫，改訂了跨越歐洲到君士坦丁堡的「東方快車」，是的，就是這趟旅程給了她寫《東方快車謀殺案》的靈感。不過更重要的是，在烏爾，她認識了一位年輕的考古學家，比她小十四歲，這個人後來成了她的第二任丈夫。

這位考古學家陪她去參觀在沙漠中的烏克海迪爾城，卻在沙漠中迷路困陷了。幾小時中克莉絲蒂卻沒有一點驚慌不安，當下考古學家就決定要向她求婚。

原來，克莉絲蒂的內心是有這種冒險成分的。要不然她不會兩次選到的，都是喜愛冒險的丈夫，而她本身大概也不會吸引一個在各種危險情境下挖掘古代寶藏的人，讓他願意向一個大他十四歲的女人求婚。

這樣說吧，維多利亞時代後期的英國環境，壓抑限制了克莉絲蒂冒險、追求傳奇的內在衝動，她只好將這樣的衝動寄託在丈夫和寫作上。她一邊陪著第二任丈夫在近東漫走，一邊在小說中寫各式各樣的謀殺與探案。謀殺和探案都是冒險，還有，偵探偵查中做的事——蒐集線索，還原命案過程——其實和考古學家的考掘，如此相似！

克莉絲蒂寫得最好的，正是「藏在日常中的冒險」。她個性中的雙面成分，造就了特殊的偵探魅力。既嚮往非常傳奇，卻又有根深柢固的日常邏輯信念，兩者都在克莉絲蒂的小說中扮演了重要角色。她的謀殺案幾乎都和日常習慣緊密編織在一起，日常環境成了凶手最重要的掩護。有些日常規律明顯地被破壞了，讓我們很自然以為那會是謀殺的線索，沿著這些線索形成了閱讀中的推理猜測，然而白羅早就提醒了，真正重要的反而是那些「細節」，也就是看來像是依隨日常邏輯進行的事，或說藏在日常邏輯中因而不被看重的事，那裡要嘛藏著凶手的核心詭計、煙幕，要嘛藏著凶手致命的破綻。

凶案的構想，就是如何讓異常蓋上日常、正常的面貌，又如何故意將日常、正常予以扭曲，製造假象；那麼偵探要做的，就是如何準確地在日常中分辨出真正的異常，將假的、明顯的異常撥開來，找出細節堆疊起來的異常真相。

此外，克莉絲蒂的小說裡隱藏著極其曖昧的情感價值觀，最典型、最有名的就是《東方快車謀殺案》。透過追查過程，讓讀者知道為什麼凶手要訴諸於這種手段，其動機具有可同情之處，再加上克莉絲蒂對身分階級的觀察，她比較相信或讓讀者相信那些沒有權力、地位的人，隨著偵查節奏去認識可能或必須懷疑的人。克莉絲蒂最擅長營造「多重嫌疑犯」的小說特質，因為讀者在閱讀時必須被迫去認識很多不一樣的人。在她最受歡迎的作品，大概都具備這樣的特質。

當然，她的作品中還有兩個最突出的神探，即白羅和瑪波。白羅是比利時人，但為什麼必須是外國人？這是因為英國人具有高度階級意識，這種觀念一路滲透到所有互動細節，包括人與人之間如何說話。而白羅因為不是英國人，他會發現一般英國人不太看得出來的東西，以及兩個人互動的方法哪裡不正常。至於瑪波為什麼得是老太太？她一如那個年代的老人家，總是靜靜坐著打毛線，因為不起眼，自然讓人放鬆防備，所以瑪波探案的線索都是來自於這樣的互動模式。

然而，白羅有很明顯的優勢，瑪波的身分使她基本上只能進行「靜態」的辦案，案子的空間受到侷限，白羅卻可以跨越各種空間，恣意揮灑。而且白羅擁有警官身分，可以合理出現在各種犯罪現場，瑪波能出現的地方，相形之下就勉強、不自然多了。白羅是明白的outsider，在英國，只要他出現，就會覺得有外人在而感到緊張，於是很容易露出平常不會表現的行為；瑪波則看起來是 insider，但實質上是 outsider，因為總是沒人發現她、當她空氣人。這兩人的探案，是兩個極端。雖然讀者最愛白羅，但克莉絲蒂自己偏愛瑪波勝於白羅。

不管後來的偵探、推理小說發展了多少巧妙詭計，克莉絲蒂卻不會過時，因為她的推理如此密切地和日常纏繞在一起；活在日常中，我們就無可避免被克莉絲蒂的「日常細節推理」吸引，隨時讀來都充滿驚奇趣味。

名家盛讚克莉絲蒂（依推薦時間排序）

金庸（作家）

克莉絲蒂的寫作功力一流，內容寫實，邏輯性順暢，也很會運用語言的趣味。閱讀她的小說，在謎底沒有揭露之前，我會與作者鬥智，這種過程非常令人享受。其作品的高明之處在於：布局的巧妙完全意想不到，而謎底揭穿時又十分合理，讓人不得不信服。

詹宏志（作家、PChome 網路家庭董事長）

推理小說在從先輩柯南・道爾等人的發明中出現力量時，誕生了一位《天方夜譚》故事中每天說故事說個不停的王妃薛斐拉・柴德，也就是「謀殺天后」克莉絲蒂，整個世界對聽這些故事才有如此的熱情。他們捨不得睡覺，每天問後來還有嗎、還有嗎，永遠不肯離去，這就是克莉絲蒂對推理小說的最大貢獻。

可樂王（藝術家）

所謂「克莉絲蒂式」的推理小說，就是一場和一個天才的寫作者或高明的恐怖份子在紙上捕掠捉殺的戰事。即便是一列火車、一處飯店或一間酒吧，在克莉絲蒂寫來皆充滿神祕和猜謎。在人生適合的下午裡，我總是一面嚼著口香糖，一面跟著矮子偵探白羅穿梭謀殺現場，克莉絲蒂的推理作品無疑是推理世界中最充滿「魔術性」的小說。

吳若權（作家、節目主持人）

我從小就對推理小說情有獨鍾，克莉絲蒂一系列的作品尤其令我愛不釋手。多年來，閱讀推理小說的經驗讓我覺悟：讀者在文字情節中推展開來的驚嘆，不只是因緣於故事的本身，而是自我性格的投射。從這個觀點來看克莉絲蒂一系列的作品，她簡直就是洞徹人性的算命師。而讀者，在她的文字中，發現了自己無可奉告的命運。

藍祖蔚（國家電影及視聽文化中心董事長）

做過藥劑師，難免懂得毒藥；嫁給考古學家，難免也就嫻熟文明的神祕；再加上曾經失蹤九天，一切不復記憶的離奇經驗，的確提供了寫作靈感，但若少了想像力，那些片羽靈光縱使辛辣如辣椒，卻不足以成菜。

推理小說重布局、重人物描寫，克莉絲蒂最厲害的卻是犀利的人性觀察，她一手創造的白羅探長，潔癖個性完全和她相反，更將她所憎厭的人格特質集於一身，殊不知，唯有不對著鏡子寫作，才能夠跳出框架與制式反應，開闢無限寬廣的新世界，建構多面向的詭異迷宮。

看完她的小說，你只會更加訝異，到底是什麼樣的心靈才能成就這般視野？

李家同（作家、前暨南大學校長）

克莉絲蒂的整體布局十分細膩，最後案情也都講解得非常詳細，回頭去看，在書中都找得到線索。故事的情節與內容也很好看，不是像一個流氓在街上被殺掉那麼單調。……看小說應該要花腦筋、要思考，從小就要養成思辨的能力，看她的小說，就是對邏輯思考能力極佳的訓練。

袁瓊瓊（作家）

雖然被公認是冷靜理性的謀殺天后，但是在理性之下，克莉絲蒂的底色依舊是感情。克莉絲蒂很明白，所有的慾望之後，都無非是某種愛情。在以性命相搏的犯罪世界裡，凶手以終結他人的性命來遂私欲，不過是為了成全自己的愛，或者是成全自己的恨。

鄧惠文（精神科醫師）

以推理小說作家而言，克莉絲蒂的風格相當獨樹一格。她的偵探在辦案時，靠的不光是科學證據的搜集，而是大量運用犯罪心理學，及對人性的深刻了解。例如在《五隻小豬之歌》中，白羅便是藉由聽取嫌疑犯訴說案情時所不自覺顯露的主觀意識及中心思想，而看出其中破綻，找出真凶。白羅是靠腦袋辦案，以心理層面去剖析案情，即使人們敘述的是同一件事，他可以聽出不同角色因出發點及看待角度不同所透露的情緒觀感，從而抽絲剝繭，還原事實真相。

克莉絲蒂所塑造的人物也生動且各具特色，不同個性所出現的情緒反應描寫，皆細膩而準確，讓讀者產生豐富的想像空間，一展卷便欲罷而不能。

吳曉樂（作家）

克莉絲蒂使用的語言平易近人，主要是以角色與情節的對應來斧鑿出故事的深度，堆疊出讓讀者回味的迂迴空間。而她筆下的角色往往性別、階級、性格、族群各異，塑造出多元又豐富的人物群像。

文學作品不問類型，若要流傳於世，最終仍得上溯至「人性」的理解與反思。而阿嘉莎・克莉絲蒂的作品中，我們可以看到人類屢屢得和自己的人生討價還價，或千方百計讓主觀意識與客觀條件達成某種程度的整合，讀者在重建人物的心理軌跡時，也見識到自身的是非成敗，我認為，這也是克莉絲蒂的作品能夠璀璨經年、暢銷不衰的主因。

許皓宜（心理學作家）

克莉絲蒂筆下的故事看似在談人性的醜惡，實則像一位披著小說家靈魂的心靈引導者，用她的文字訴說著人們得不到「愛」時的痛苦。於是在故事終了的剎那，你不得不對人生多了幾分「看透感」：原來，我們心裡的那些痛苦、報復與自我折磨的慾望，不是因為「憤恨」，而是起於對「愛的失落」。這或許是我們在情感世界中最珍貴且深刻的一種覺察了。

推理小說荒謬驚悚嗎？不，它其實很寫實。它幫我們說出心裡的苦、怨、醜陋的慾望，於是，我們可以重新學習愛了。

一頁華爾滋 Kristin（影評人）

從有記憶以來，閱讀克莉絲蒂最迷人之處往往不在真正的凶手是誰，而是在於「Why」（為什麼）與「How」（如何進行），在於人性與心理描摹的故事肌理。依循其書寫脈絡，會發覺不只是邏輯清晰、布局縝密、著重細節，她總能完美掌握敘事節奏，書中人物彷彿真實存在般鮮明躍然紙上，讀者情緒會隨精準文字保持流轉、跳動、收放，掩卷時並無太多真相水落石出的暢快，反倒淡淡的惆悵化為餘韻襲上心頭，原來還是種種意料之外，卻屬情理之中的人性盲目使然。私以為，那成就了克莉絲蒂的推理故事之所以無比迷人的主因之一。

冬陽（推理評論人）

雖然阿嘉莎．克莉絲蒂的作品並非我的推理閱讀啟蒙，卻是養成閱讀不輟的重要推手。首先，她無庸置疑是個說故事能手，打開我名為好奇的開關；其次是設計犯罪事件的巧妙多元，既日常又異常，凶手更是叫人意想不到。沒錯，我相信每個當讀者的都忍不住想破案，想早偵探一步識破詭計，或者像考試結束鈴響前一秒，瞎猜都要指著某個角色大喊「你就是犯人」！然後會忍不住作弊——不是翻到最後幾頁窺探真凶身分，而是往前翻查讓人起疑的段落、偵探顯然掌握重要線索的時刻，直到忍不住豎白旗投降，看神探（我知道啦，真正把我耍得團團轉的聰明人是作者）頭頭是道地分析我遺漏錯置的片片拼圖，終於看清真相全貌。這，就是偵探推理，我因此熟悉遊戲規則、沉醉在每一場迷人故事裡，成為這個類型書寫的俘虜，享受至今不疲的美好滋味。

石芳瑜（作家、永樂座書店店主）

布局細膩、處處留下線索，破案解說詳細，說明了這位安靜、害羞的推理小說女王心思縝密，且充滿想像力。密室殺人，完美犯罪，《東方快車謀殺案》不愧為古典推理小說的經典。再加上神祕的東方色彩，隨著火車抵達的迫切時間感，連非推理小說迷都會神經拉緊，讀完大呼過癮。

家庭主婦缺少人生經驗？處女座的阿嘉莎·克莉絲蒂充分展現她過人的寫作天分，靠得是從小開始的閱讀，以及對偵探小說的著迷。三十歲寫下第一本偵探小說《史岱爾莊謀殺案》的克莉絲蒂，在那個時代並不能說是「早慧」，但寫作生涯五十五年中，共創作了八十部偵探小說，卻令人難以企及。這位害羞靦腆的小說女神，大概是相信只要有足夠的理由，每個人都有殺人的可能！

余小芳（暨南大學推理研究社指導老師、台灣推理作家協會常務理事）

學生時代加入推理社團，社課指定讀物便是經典作品《一個都不留》，成為我對克莉絲蒂的初步印象，自此沉浸於推理小說的世界。隔年寒假陪同學參與轉學考，在斜風細雨的走廊中，滿足讀完《東方快車謀殺案》。隨著歲月遠走，已昇華成趣味回憶。

踏入推理文學領域需要認識的作家，阿嘉莎·克莉絲蒂絕對名列其中，她的作品常有英國小鎮風光、莊園式的謀殺、設備豪華的交通工具等，還有特色鮮明的偵探活躍其中。書中少有血腥、暴力的橋段，布局巧妙且結構嚴密，手法純粹、知性，故事內容與人物性格融為一體，以高超的想像力結合說好故事的能耐，為推理小說開創新局面。克莉絲蒂推理全集重編改版，值得新舊讀者一起探索。

林怡辰（國小教師、教育部閱讀推手）

多年後，還是難忘第一次閱讀阿嘉莎．克莉絲蒂作品的感動和激動。

這套將近一世紀的作品，文筆流暢，邏輯縝密，過程中不斷與作者較量、猜出凶手，直到最後解答不禁佩服，蛛絲馬跡處處展現作者的精妙手法，於是又拿起另一部作品，再次沉溺在謀殺天后所編織的日常世界中的奇幻，無可自拔。犯罪動機和手法穿越時空限制，如今讀來合理且依舊令人感動，閱讀中趣味橫生，難怪成為後來諸多偵探小說的原型。

克莉絲蒂創作生涯中產出的八十部推理作品，至今多部躍上大銀幕，無怪乎被稱之為「經典」，喜愛推理偵探作品的人不可不讀，你會驚異於她在文字中施展的魔法！

張東君（推理評論家、科普作家）

我愛克莉絲蒂！這位在台灣有時會被稱為克奶奶的超級暢銷推理小說家，即使是自認沒讀過她的書的人，也都會在各種書籍或影視作品中看到對她致敬的片段。由於她喜歡旅行和冒險，那些經驗與體驗都成為書中的場景，因此閱讀她的作品時，不只是雀躍地跟著偵探推理，也有了虛擬的旅行體驗。或者當成旅遊導覽書，在出發去尼羅河、去英國鄉間、去搭船搭火車時，就塞一本克奶奶的作品到隨身背包中。

我還是大學新生時，就聽學姐說她哥哥經常看克奶奶的小說，而且邊看邊狂笑。於是我跟著效仿，在某次搭飛機之前買了第一本小說當旅伴，不只看得超開心，看完後還到處找尋書中出現的那種有兜帽的斗篷，當成出門時的必備用品。克奶奶的作品是跨越文字、國界的。只要看過一本，就會不停地追下去。還好，真的是還好只有八十本。何況這次是全新校訂的紀念珍藏版，當然不能錯過！

發光小魚（呂湘瑜）（文史作家、助理教授）

一部好的偵探小說，除了情節設計巧妙之外，還需要洞悉人性，如此方能合理地交代人物的言行舉止與動機。阿嘉莎．克莉絲蒂便是其中翹楚，她的作品不管是偵探、愛情小說或戲劇，必要元素都是謎題與人性。在寧靜無波的場景下暗潮洶湧，永遠都有意料之外，讀者的情緒也會隨著劇情的進行起伏糾結。克莉絲蒂觀察到時代的變化，將犯罪心理融入作品中，於是，看她的小說不只能得到解謎的快樂，同時對人性也能夠有所省思。

此外，克莉絲蒂豐富的人生歷練及旅行經歷，例如一九二二年的環球之旅、居住過也旅行過的巴黎和埃及，甚至是追隨考古學家丈夫前往的中東，都讓她的小說讀來更加充滿異國情調。如果你也愛旅行，不如就讓我們一同搭上那一班南法的藍色列車，或由伊斯坦堡出發的東方快車，跟著白羅鑽進一樁奇案，一嘗旅程中破解謎題的快感吧。

盧郁佳（作家）

國小時，家裡買了一套阿嘉莎．克莉絲蒂全集，從此成了我的毒品，在白癡課本將我的腦袋啃嚙成海綿般空洞時，撫慰受創的心靈，那時我仍對人心險惡一無所知。

數學課教你列算式，樂趣遠不如克莉絲蒂教你住宅平面圖、偷換時序的密室魔術，你從庭園長窗進房間，我從房門直通鄰房，他從走廊進房……從而學會故事是建構邏輯。她文風多變，時而《四大天王》中讓神探白羅向助手海斯汀大賣關子，眉頭緊皺，山雨欲來，預示天翻地覆，只能靠他拯救世界；時而用維吉尼亞．吳爾芙《自己的房間》中俏皮的語言，讓貧苦村姑安妮在《褐衣男子》中回憶南非出生入死的冒險，竟源於她耽讀村裡圖書館爛舊的冒險愛情小說，還有戲院每週末放映〈帕米拉歷險記〉，帕米拉每集從飛機跳落高空、搭潛艇、爬上摩天大樓，每次被黑幫老大抓到總不一刀斃命，卻老要用瓦斯毒死她，暗示續集又會逃出生天。

長大才發現，克莉絲蒂小說就是我的〈帕米拉歷險記〉：它以歌劇般輝煌龐大的天真陰謀、精細的人際觀察（一句話重音放在哪個字、從膝蓋鑑定女人的年齡等），召喚年輕讀者抱持浪漫精神投入未知的壯遊，瘋魔、衝撞、冒犯，傷痕累累毫無懼色。正如瓦斯在冒險片中太多、現實中卻太少；陰謀在現實中沒有克莉絲蒂寫得那麼複雜，但她刻畫的心理卻是現實中解謎的試金石。

賴以威（臺灣師範大學電機系副教授）

或許可以為經典下幾個定義：該領域的愛好者更都讀過；不是這個領域的愛好者，許多人也都聽過；影響後續的作品，在很多著作中都可以看到它的影子；值得反覆再三閱讀，每隔一陣子再讀都可以獲得閱讀的樂趣，有更多的體悟。我永遠記得第一次讀《東方快車謀殺案》時，被那宛如嚴謹設計數學謎題的鋪陳、推進給深深吸引、震撼。從這幾個角度來說，克莉絲蒂的推理小說被稱之為「經典」，可說是當之無愧。

謝哲青（作家、旅行家、知名節目主持人）

克莉絲蒂小說的魅力在於透過每個角色的對白，藉由不斷的說話來表現人物的個性，以彰顯其人格特質中一些無法被忽略的事實。我們從他們的言語、講話的過程和字裡行間，竟然就能知道誰是凶手。

我從克莉絲蒂的小說學到很多，除了推理小說有趣的事實之外，最重要的是，我在工作的職場跟人應對的時候，如何從語言和對話裡去捕捉某些隱而不顯的事實。許多人們欲蓋彌彰的東西，無論心事也好、祕密也好，克莉絲蒂都會用文學的手法，讓你理解語言的奧妙和魅力。

克莉絲蒂的書寫會讓你覺得彷彿自己也在現場，你可以從聽到的對話當中，學會如何理解人心的一些小技巧，這是小說家最出色、最偉大的地方。我們必須學習傾聽別人說話——這些人講話是真誠的嗎？他想要跟你分享什麼資訊？這些資訊可靠嗎？——這是我在閱讀推理小說時，最大的收穫和理解。

阿嘉莎・克莉絲蒂大事記

1890		• 九月十五日出生於英格蘭德文郡托基鎮。
1894	4 歲	• 開始在家自學，父母親、姐姐教導閱讀、寫作、算術和彈鋼琴。
1895	5 歲	• 家中經濟走下坡，舉家搬至法國，學會流利的法語。
1905	15 歲	• 在巴黎寄宿學校學鋼琴和聲樂，但生性極度害羞，未成為職業鋼琴家，最終回到英國。
1907	17 歲	• 陪同母親前往埃及調養身體，對社交活動充滿興趣，但尚未對日後感興趣的埃及古物點燃熱情。 • 回英國後繼續寫作、參與業餘戲劇表演。
1908	18 歲	• 寫出第一篇短篇小說〈麗人之屋〉，同時也寫出第一部愛情小說《白雪黃漠》，以筆名向出版社投稿，但屢遭退稿。
1912	22 歲	• 與英國皇家軍官亞契・克莉絲蒂（Archibald Christie）熱戀。 • 八月爆發第一次世界大戰，亞契奉派到法國作戰。
1914	24 歲	• 耶誕夜結婚，亞契隨即返回戰場。克莉絲蒂參與紅十字會工作，在醫院擔任護士和藥劑師，因此對藥理和毒物非常熟悉，造就後來多部推理小說情節都以毒藥殺人。
1916	26 歲	• 開始嘗試寫推理小說，寫出第一部小說《史岱爾莊謀殺案》，主角偵探赫丘勒・白羅的靈感，來自於大戰期間英國鄉間的比利時難民營。本書歷經數家出版社退稿後，終獲柏德雷・海德（The Bodley Head）圖書公司的出版機會，之後並簽下另五本小說的合約。
1919	29 歲	• 前一年亞契返回英國，八月生下女兒露莎琳。

1920	30歲	• 出版《史岱爾莊謀殺案》。
1922	32歲	• 出版第二部小說《隱身魔鬼》，主角是夫妻檔偵探湯米和陶品絲。 • 與亞契至南非、澳洲、紐西蘭、夏威夷和加拿大等國旅行十個月，在南非得到《褐衣男子》的靈感。
1923	33歲	• 三月出版第三部小說《高爾夫球場命案》，白羅再度登場。
1926	36歲	• 四月母親過世，克莉絲蒂陷入憂鬱。 • 六月在「威廉·柯林斯父子出版社」出版《羅傑艾克洛命案》。 • 八月亞契因外遇提出離婚，十二月初一次爭吵後，克莉絲蒂離家棄車失蹤，消息登上全國新聞。
1927	37歲	• 一月在悲痛心情中寫出《藍色列車之謎》，第一次創造出聖瑪莉米德村，即後來瑪波小姐居住的村子。 • 分居期間在雜誌刊登以白羅為主角的短篇小說，後來集結出版《四大天王》。 • 十二月在雜誌刊登短篇小說〈週二夜間俱樂部〉，瑪波小姐初登場，後來收錄在一九三二年出版的短篇小說集《十三個難題》。
1928	38歲	• 十月正式離婚，仍保留「克莉絲蒂」姓氏。 • 秋天搭乘「東方快車」前往土耳其的伊斯坦堡，再轉往伊拉克首都巴格達，參觀考古現場烏爾，認識考古學家伍利夫婦（Leonard and Katharine Woolley）。
1930	40歲	• 二月應伍利夫婦之邀再訪烏爾，認識考古學家麥克斯·馬龍（Max Mallowan），九月於英國愛丁堡結婚。這段婚姻開啟克莉絲蒂旺盛的創作生涯，兩人到中東考古現場的旅行為許多作品帶來靈感。

• 婚後克莉絲蒂開始維持固定的寫作行程。十月出版《牧師公館謀殺案》，是第一部以瑪波小姐為主角的小說。
• 出版第一部以「瑪麗·魏斯麥珂特」（Mary Westmacott）為筆名的《撒旦的情歌》，並陸續發表了五部非犯罪小說。

1932　42 歲　• 出版《危機四伏》。

1934　44 歲　• 出版《東方快車謀殺案》，是白羅海外辦案三部曲之一，故事靈感來自中東的旅行經歷。一九七四年第一次改編成電影大獲好評。

1936　46 歲　• 出版《美索不達米亞驚魂》，白羅海外辦案三部曲之二。

1937　47 歲　• 出版《尼羅河謀殺案》，白羅海外辦案三部曲之三，故事背景是年輕時與母親同遊的埃及。一九七八年第一次改編成電影大受歡迎。

1939　49 歲　• 二次大戰期間，克莉絲蒂在大學學院醫院擔任義務藥師，學習到最新的毒藥知識，對於推理小說寫作大有助益。
• 出版《一個都不留》，是克莉絲蒂最著名作品之一。

1941　51 歲　• 出版《密碼》，呈現出克莉絲蒂對戰爭的看法。
• 出版《豔陽下的謀殺案》。

1942　52 歲　• 出版《藏書室的陌生人》、《五隻小豬之歌》等名作。

1944　54 歲　• 以「瑪麗·魏斯麥珂特」為筆名出版第三部作品《幸福假面》，被美國書評人發現是克莉絲蒂的作品，讓她從此失去匿名創作的自在樂趣。

1950	60 歲	• 獲選為皇家文學學會的會員。
1953	63 歲	• 出版《葬禮變奏曲》。
1956	66 歲	• 一月獲頒大英帝國爵級大十字勳章（GBE）。 • 十一月以「瑪麗．魏斯麥珂特」為筆名出版《愛的重量》，是這個筆名的最後一部作品。
1958	68 歲	• 成為「偵探作家俱樂部」主席。
1960	70 歲	• 馬龍獲頒大英帝國爵級大十字勳章。
1961	71 歲	• 獲得艾克塞特大學頒發榮譽文學博士學位。
1968	78 歲	• 馬龍獲封為爵士，克莉絲蒂亦被稱為馬龍爵士夫人。
1971	81 歲	• 獲頒大英帝國爵級司令勳章（DBE），獲封為女爵士。
1973	83 歲	• 出版最後一部創作《死亡暗道》，亦為湯米和陶品絲最後一次辦案。
1974	84 歲	• 最後一次公開露面，出席電影《東方快車謀殺案》首映會。
1975	85 歲	• 八月六日，白羅成為有史以來第一次在《紐約時報》頭版刊出訃聞的小說主角，宣傳九月即將出版的《謝幕》，這也是白羅最後一次辦案。
1976	86 歲	• 一月十二日去世。 • 十月出版《死亡不長眠》，瑪波小姐的最後一次辦案。

克莉絲蒂推理原著出版年表

1920 史岱爾莊謀殺案 The Mysterious Affair at Styles（神探白羅系列）
1922 隱身魔鬼 The Secret Adversary（神探湯米＆陶品絲系列）
1923 高爾夫球場命案 The Murder on the Links（神探白羅系列）
1924 白羅出擊 Poirot Investigates（神探白羅系列）
1924 褐衣男子 The Man in the Brown Suit（神探雷斯上校系列）
1925 煙囪的祕密 The Secret of Chimneys（神探巴鬥主任系列）
1926 羅傑艾克洛命案 The Murder of Roger Ackroyd（神探白羅系列）
1927 四大天王 The Big Four（神探白羅系列）
1928 藍色列車之謎 The Mystery of the Blue Train（神探白羅系列）
1929 七鐘面 The Seven Dials Mystery（神探巴鬥主任系列）
1929 鴛鴦神探 Partners in Crime（神探湯米＆陶品絲系列）
1930 牧師公館謀殺案 The Murder at the Vicarage（神探瑪波系列）
1930 謎樣的鬼豔先生 The Mysterious Mr. Quin（神探鬼豔先生系列）
1931 西塔佛祕案 The Sittaford Mystery
1932 十三個難題 The Thirteen Problems（神探瑪波系列）
1932 危機四伏 Peril at End House（神探白羅系列）
1933 十三人的晚宴 Lord Edgware Dies（神探白羅系列）
1933 死亡之犬 The Hound of Death
1934 三幕悲劇 Three Act Tragedy（神探白羅系列）
1934 李斯特岱奇案 The Listerdale Mystery
1934 帕克潘調查簿 Parker Pyne Investigates（神探帕克潘系列）
1934 東方快車謀殺案 Murder on the Orient Express（神探白羅系列）
1934 為什麼不找伊文斯？ Why Didn't They Ask Evans?
1935 謀殺在雲端 Death in the Clouds（神探白羅系列）
1936 ABC 謀殺案 The A.B.C. Murders（神探白羅系列）
1936 底牌 Cards on the Table（神探白羅系列）
1936 美索不達米亞驚魂 Murder in Mesopotamia（神探白羅系列）

1937　巴石立花園街謀殺案 Murder in the Mews（神探白羅系列）
1937　尼羅河謀殺案 Death on the Nile（神探白羅系列）
1937　死無對證 Dumb Witness（神探白羅系列）
1938　白羅的聖誕假期 Hercule Poirot's Christmas（神探白羅系列）
1938　死亡約會 Appointment with Death（神探白羅系列）
1939　一個都不留 And Then There Were None
1939　殺人不難 Murder Is Easy/Easy to Kill（神探巴鬥主任系列）
1940　一，二，縫好鞋釦 One, Two, Buckle My Shoe（神探白羅系列）
1940　絲柏的哀歌 Sad Cypress（神探白羅系列）
1941　密碼 N Or M?（神探湯米＆陶品絲系列）
1941　豔陽下的謀殺案 Evil Under the Sun（神探白羅系列）
1942　五隻小豬之歌 Five Little Pigs（神探白羅系列）
1942　藏書室的陌生人 The Body in the Library（神探瑪波系列）
1942　幕後黑手 The Moving Finger（神探瑪波系列）
1944　本末倒置 Towards Zero（神探巴鬥主任系列）
1945　死亡終有時 Death Comes as the End
1945　魂縈舊恨 Sparkling Cyanide（神探雷斯上校系列）
1946　池邊的幻影 The Hollow（神探白羅系列）
1947　赫丘勒的十二道任務 The Labours of Hercules（神探白羅系列）
1948　順水推舟 Taken at the Flood（神探白羅系列）
1949　畸屋 Crooked House
1950　謀殺啟事 A Murder Is Announced（神探瑪波系列）
1951　巴格達風雲 They Came to Baghdad
1952　殺手魔術 They Do It with Mirrors（神探瑪波系列）
1952　麥金堤太太之死 Mrs. McGinty's Dead（神探白羅系列）
1953　黑麥滿口袋 A Pocket Full of Rye（神探瑪波系列）
1953　葬禮變奏曲 After the Funeral（神探白羅系列）

1954 未知的旅途 Destination Unknown
1955 國際學舍謀殺案 Hickory, Dickory, Dock（神探白羅系列）
1956 弄假成真 Dead Man's Folly（神探白羅系列）
1957 殺人一瞬間 4:50 from Paddington（神探瑪波系列）
1958 無辜者的試煉 Ordeal by Innocence
1959 鴿群裡的貓 Cat Among the Pigeons（神探白羅系列）
1960 哪個聖誕布丁？ The Adventure of the Christmas Pudding（神探白羅系列）
1961 白馬酒館 The Pale Horse
1962 破鏡謀殺案 The Mirror Crack'd from Side to Side（神探瑪波系列）
1963 怪鐘 The Clocks（神探白羅系列）
1964 加勒比海疑雲 A Caribbean Mystery（神探瑪波系列）
1965 柏翠門旅館 At Bertram's Hotel（神探瑪波系列）
1966 第三個單身女郎 Third Girl（神探白羅系列）
1967 無盡的夜 Endless Night
1968 顫刺的預兆 By the Pricking of My Thumbs（神探湯米＆陶品絲系列）
1969 萬聖節派對 Hallowe'en Party（神探白羅系列）
1970 法蘭克福機場怪客 Passengers to Frankfurt
1971 復仇女神 Nemesis（神探瑪波系列）
1972 問大象去吧 Elephants Can Remember（神探白羅系列）
1973 死亡暗道 Postern of Fate（神探湯米＆陶品絲系列）
1974 白羅的初期探案 Poirot's Early Cases（神探白羅系列）
1975 謝幕 Curtain: Hercule Poirot's Last Case（神探白羅系列）
1976 死亡不長眠 Sleeping Murder（神探瑪波系列）
1979 瑪波小姐的完結篇 Miss Marple's Final Cases（神探瑪波系列）
1991 情牽波倫沙 Problem at Pollensa Bay
1997 殘光夜影 While the Light Lasts

國家圖書館出版品預行編目（CIP）資料

密碼 / 阿嘉莎・克莉絲蒂（Agatha Christie）
著 ; 冒國安譯. -- 二版.-- 臺北市 : 遠流出
版事業股份有限公司, 2024.04
面 ; 公分. -- (克莉絲蒂繁體中文版20週年
紀念珍藏 ; 58)
譯自 : N Or M?
ISBN 978-626-361-529-8(平裝)

873.57　　113001924

克莉絲蒂繁體中文版 20 週年紀念珍藏 58

密碼

作者 / 阿嘉莎・克莉絲蒂
譯者 / 冒國安

主編 / 陳懿文、余式恕　校對 / 呂佳眞
封面、內頁設計 / 謝佳穎　排版 / 連紫吟、曹任華
行銷企劃 / 舒意雯　出版一部總編輯暨總監 / 王明雪

發行人 / 王榮文
出版發行 / 遠流出版事業股份有限公司
地址 / 104005臺北市中山北路一段11號13樓
電話 / (02)2571-0297　傳眞 / (02)2571-0197　郵撥 / 0189456-1
著作權顧問 / 蕭雄淋律師

2003年9月1日 初版一刷
2024年4月1日 二版一刷
定價 / 新臺幣380元 (缺頁或破損的書，請寄回更換)

ISBN 978-626-361-529-8

遠流博識網 http://www.ylib.com E-mail: ylib@ylib.com
遠流粉絲團 https://www.facebook.com/ylibfans